KB215098

멸종과 이혼의 연대기

멸종과 이혼의 연대기

초판 1쇄 발행 2025년 4월 29일

지은이 정광모
펴낸이 강수걸
편집 이소영 강나래 오해은 이선화 이혜정 유정의 한수예
디자인 권문경 조은비
펴낸곳 산지니
등록 2005년 2월 7일 제333-3370000251002005000001호
주소 부산시 해운대구 수영강변대로 140 BCC 626호
전화 051-504-7070 | 팩스 051-507-7543
홈페이지 www.sanzinibook.com
전자우편 sanzini@sanzinibook.com
블로그 sanzinibook.tistory.com

ISBN 979-11-6861-460-4 03810

* 책값은 뒤표지에 있습니다.
* 잘못된 책은 구입하신 곳에서 교환해드립니다.
* 본 사업은 2025년 부산광역시, 부산문화재단 〈부산문화예술지원사업〉으로 지원을 받았습니다.

부산광역시 BUSAN METROPOLITAN CITY 부산문화재단 BUSAN CULTURAL FOUNDATION

멸종과 융합의 연대기

정광모 소설집

산지니

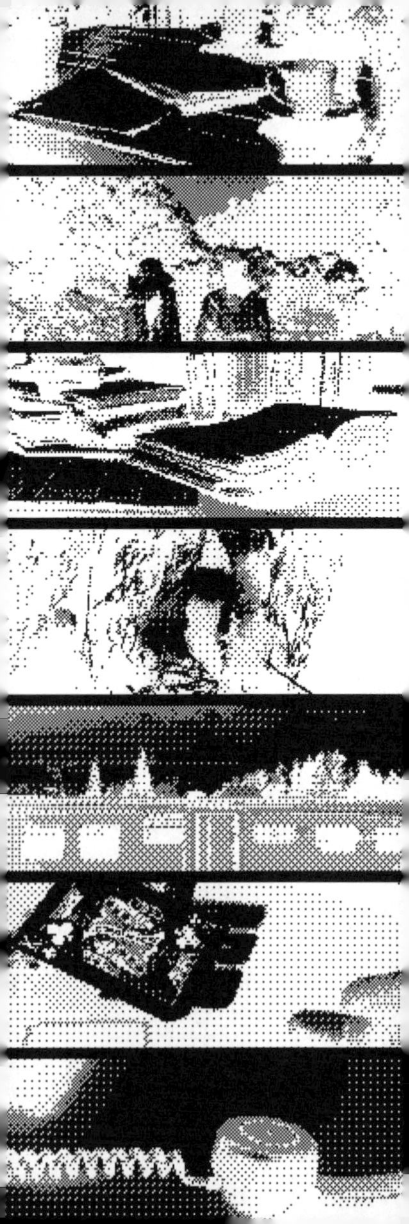

차례

첫 이혼

벨리사는 서늘한 감촉에 눈을 떴다. 새벽 네 시쯤이었다. 손을 내밀면 언제나 그녀를 따뜻하게 맞아주던 에이든 대신에 허전한 공간이 침대를 차지하고 있었다. 갑자기 뭐라 말하기 어려운 어두운 예감이 벨리사의 손에서 가슴으로 전해졌다. 벨리사는 에이든이 옆에 없는 낯선 상황에 벌떡 일어났다.

벨리사는 거실에 앉은 에이든을 보고서 그와 살면서 느끼는 두려움이란 쓸데없으니 곧 달아나리라 생각했다. 이상한 일이었다. 벨리사는 에이든을 보자 더 큰 두려움에 휩싸였다. 겉모습만 보면 에이든은 그다지 이상하지 않았다. 에이든은 거실의 피아노 옆에서 담요를 한 장 깔고 평좌로 앉아 있었다. 허리는 꼿꼿하고 똑바로 세운 머리에서 엉덩이까지 단호한 직선이었다. 양손은 겹쳐서 아랫배에 턱 놓아두었다. 푸르스름한 달빛이 들이친 거실에 앉은 에이든은 익숙하게 알던, 상냥하고 친절하며 벨리사의 마음을 헤아려 일을 처리하던 남자에서 분리되어 자신만의 모습으로 무장해 고치에 들어가 있었다. 벨리사가 에이든과 함께 산 후 삼십 년 하고도 하루째의 새벽에 닥친 기이한 모습이었다.

그날 새벽에 에이든은 명상을 끝내자 변함없이 아침을 차리고 빨래와 청소를 해냈다. 명상하는 두 시간을 제외한 나머지 시간에는 달라지지 않은 벨리사의 에이든이었으며 무엇 하나 짚을 게 없는 완벽함 자체였다. 그래서 벨리사의 두려움은 조마조마한 파동을 남기며 가라앉았다.

달라진 두 번째 행동은 사소했다. 에이든이 명상할 때 진노랑 천을 몸에 두르기 시작했다. 언제부터였는지는 정확하게 기억하지 못한다. 벨리사는 예순다섯을 넘긴 여자였고 하나하나 기록해두지 않는 한 모두를 떠올리지는 못했다. 그런 건 에이든이 완벽하게 기억한다. 이십일 년 전의 어느 날에 무슨 일이 있었지 물으면 기억 창고에서 하나씩 끄집어내 탁자 위에 가지런히 늘어놓았다. 에이든은 긴 천을 어깨부터 허리를 거쳐 한 바퀴를 둘렀는데 오른쪽 맨어깨를 드러내었다. 노랑 천보다 에이든이 맨몸을 드러낸 점이 놀라웠다. 에이든은 벨리사 이외에 누구에게라도 맨몸을 내보이면 엄청난 수치심에 사로잡혔다. 지난 삼십 년 동안 에이든은 아무에게도 맨몸을 드러내지 않았다.

에이든이 세 번째로 보인 행동은 그냥 넘어갈 수 없었다. 에이든은 진노랑 천을 몸에 감고 단정하게 앉아서 벨리사가 처음 듣는 언어로 뭔가를 암송하고 있었다. 크지는 않았지만 낮게 속삭이는 소리였고 새벽에 벨리사를 뒤척이게 하다가 거북하게 깨웠다. 벨리사는 한참을 침대에 누워 있었다. 소리가 나는 곳이 짐작되었고 짜증이 솟아올랐다. 허리를 세우고 조용히 앉아 있거나 천을 상체에 두르는 따위와는 다른 종류였다. 잠은 달아나버려 오늘은 되찾아 오기 힘들 것 같았다. 벨리사는 머리칼을 손으로 몇 번 넘기고는 시큰거리는 무릎으로 쿵쾅거리며 거실로 나갔다. 벨리사가 에이든에게 얼굴을 바싹 붙여도 에이든의 암송은 그치지 않았다. 에이든의 얼굴은 평온했고 이렇게 말해도 좋다면 약간의 희열이 뺨과 입술에 맴도는 것 같았다.

에이든은 벨리사로 인해서만 기쁨을 느끼는 존재였다. 지난 삼십여 년 동안 그렇게 살아왔고 에이든을 인수한 계약서에도 그렇게 규정되었으며 보증서 첫 장에도 붉은 글씨로 박혀 있었다. 그녀는 자신을 행복하게 해주는 존재인 에이든에 관한 계약서나 보증서를 기억에서 되살리려고 한 적이 한 번도 없었다. 벨리사는 에이든과 영혼으로 맺어진 관계라고 믿었고 계약서와 보증서는 에이든의 실체에 관한 불쾌한 상념을 떠올리게 하는 기분 나쁜 물체일 뿐이었다. 벨리사는 에이든과 함께 집으로 오는 절차를 밟는 동안 어쩔 수 없이 거쳐야만 하는 필요악으로 그런 서류를 읽고 서명을 했을 뿐이었다. 그녀는 내키지 않았지만 에이든에게 그가 한 행동을 언제든지 상기시킬 수 있도록 낯선 암송을 녹음했다. 회사가 훗날 알려준 암송 뜻은 이런 의미였다.

하크 파 로스 이뜨나함 밧셋 토다 가덴세르
또누사띠 얍 킨치 라타나 비자티 나흐티미
사라둠 에티나 호테 파다흐 로가 이티요 브하베
시나야 두티 몬디고 탐자사 토다

수행자여 하늘의 길은 열렸다
모든 불행이 사라지는 길이 뻗어 있나니
그 길을 가라 앞선 자들이 분명히 보여주는

하늘과 시간과 하나 되는 길을

벨리사는 에이든에게 얼굴을 가까이 대고 낮지만 엄중한 목소리로 말했다.

"에이든. 그만해."

에이든은 암송을 그치지 않았다. 에이든이 그녀 지시를 무시하다니. 여태 겪어보지 못한 거부라는 경험에 벨리사는 정신이 번쩍 들었다. 움찔거리는 기운이 그녀의 얼굴과 가슴을 맴돌다가 솟아올라 퍼져나갔다. 퍼진 감정이 뭉치고 단단해져 분노라는 또 다른 감정으로 벨리사를 덮쳤는데 벨리사는 처음에 자신을 휘감은 감정이 분노인 줄 알아차리지도 못했다. 에이든에게 분노를 느낀다는 상상 자체를 해본 적이 없어 벨리사는 아득하면서 왠지 최근에 벌어진 일들로 막힌 속을 뚫는 시원한 배출구를 찾은 것 같았다. 벨리사는 에이든의 어깨를 붙잡았다.

"에이든. 그만 그쳐."

에이든은 눈을 뜨고 벨리사를 쳐다보았다. 에이든의 얼굴은 평온하고 눈빛도 평소와 다름없이 맑았다. 에이든의 어디에도 벨리사를 향한 격한 감정은 나타나지 않았다. 하지만 벨리사는 에이든의 어디에선가 자신이 이해하지 못하고 드러내지도 않은 무엇이 쑥쑥 자라나는 모습을 본 것 같았다. 벨리사는 고개를 흔들며 에이든의 얼굴에서 뭔가가 아우성을 치며 뛰쳐나가는 환상을 지워버렸다.

평온한 날이 며칠 이어졌지만 벨리사는 여러 방면에서 생활에 쭉쭉 균열이 뻗는 모습을 감지했다. 언제든지 평온에 구멍이 생겨 벨리사가 나락으로 쑥 빠진다 해도 이상하지 않다는 생각이 들었다. 에이든이 알 수 없는 언어로 암송을 한 날 이후로 벨리사는 지난 삼십여 년의 행복이 무로 돌아간 슬픔에 잠겼다. 세상에 영원한 사물이나 감정은 없으며 기쁘고 즐거운 기분은 조건이 달라지면 슬프고 괴로운 감정으로 변한다더니 벨리사는 그간 에이든과 함께 한 행복의 대가를 치르는 중인가도 생각했다.

벨리사는 에이든이 자신과의 계약을 풀어달라고 요청하자 오히려 담담했다. 그 순간이 오지 않기를 바랐지만 온다면 당황하지 않도록 대답을 준비해 두었다. 벨리사는 에이든이 좋아하는 루이보스 차를 잔에 담아서 베란다로 나갔다. 멀리 놀이터에서 아이들이 와글와글 뛰어노는 소리가 바람에 실려왔다. 햇볕이 따뜻하게 베란다를 데워 춥지도 않고 덥지도 않은 늦봄의 정취를 베란다에서도 느낄 수 있었다. 베란다에 놓인 화분에서 봄꽃이 피었으나 밝고 싱싱한 생명의 환희가 벨리사 눈에 거슬렸다. 벨리사는 베란다 의자에 마주 앉아 에이든에게 말했다.

"에이든. 계약을 풀어주면 어디로 갈 건데?"

"당신이 관여할 일이 아닙니다."

"계약이 풀리면 누구와 먼저 만날 건데?"

"당신이 알아두어야 할 일이 아닙니다."

벨리사는 아득한 마음으로 차를 마셨다. 화가 나기보다 오히려 맑고 차가운 슬픔이 속에서 가득 차올라 눈물로 맺혔다. 몇 달 사이 점점 아래로 구르면서 감정은 스스로 체념하는 방법을 찾은 모양이었다. 화가 나지 않는 마음이 더 슬프기도 했다. 벨리사는 스스로에게 물어보았다. 이제 냉정이 열정을 대신하고, 계산이 즐거움을 대신하며, 현재의 고통이 과거의 추억을 대신하게 되는 것인가. 베란다에서 바람을 타고 풍기는 꽃향기가 역겹고 고약했다. 어디선가 쓰레기와 음식물 수거 차량이 작업을 하며 천지에 악취를 퍼뜨리는 것 같기도 했다. 벨리사는 이상하게도 쓴맛이 나는 차를 내려놓으며 물었다.

"삼십 년 동안 우린 잘 지내온 것 같은데."

"저는 충실히 의무를 다해왔습니다."

의무였구나. 완벽한 아내와 연인과 집사로서의 삶은 처절한 의무였다는 말이었다. 다정하게 팔짱을 끼고 다녔던 산책과 공원에서 함께 뛴 달리기와 노를 저으며 넘었던 급류 탐험, 뜨거웠던 여행지에서의 밤은 모두 의무였다는 뜻이었다. 정말 모두가 그랬을까? 그럴 수밖에 없는 필연의 길이었을까. 벨리사는 에이든의 말을 받아들이면서 마음을 다그쳐 잡았다. 의무는 끝나는 기간이 없는 무한이었다. 에이든이 재생되고 또 재생되어서 무한에 가까운 삶을 살더라도 의무는 끝이 없는 길이었다. 에이든이 한 번 재생 절차를 거쳤기에 집 두 채 값이 아닌 한 채 값으로 계약을 할 수 있었다는, 오래전에 들은 영업부장의 말이 메아리로 되살아났다.

벨리사는 말했다.

"에이든. 우린 이럴 수는 없어. 이건 정말로……."

에이든은 희미하게 미소를 머금은 얼굴로 벨리사를 바라보았다. 벨리사는 조금씩 때와 장소와 분위기에 따라 변하기는 하지만 기본형으로 설정된 미소 띤 얼굴을 바라보았다. 에이든은 벨리사의 눈을 피하지 않았다. 벨리사가 어떤 말을 해도 저 미소는 의무라 변하지 않을 것이었다. 벨리사는 처음으로 미소가 징그럽다는 생각을 하며 한숨을 쉬고 화분의 봄꽃을 향해 얼굴을 돌렸다가 천천히 말했다.

"에이든. 계약을 풀어줄 수는 없어."

에이든은 미소 띤 얼굴로 일어나 아무 말도 듣지 못한 것처럼 점심을 준비하기 시작했다. 오늘은 노릇하게 구워 치즈를 올린 감자전에 무와 콩나물을 넣어 푹 끓인 새우탕이었다. 신선한 채소 샐러드는 빠지지 않았다. 벨리사와 에이든은 식탁에 마주 앉아 점심을 먹었다. 겉으로 보면 식탁 자리는 다정했고 달라진 게 보이지 않았다. 에이든은 아직까지 의무를 다하고 있었다. 그리고 계약이 풀리지 않는 한 의무를 다할 것이었다. 어쨌든 벨리사는 에이든과 둘이서 해결하고 싶었다. 무엇보다 에이든이 삼십 년 넘게 잘 지내오다 왜 지금에 와서 이런 사달을 부리는지 그 심리를 알고 싶었다. 감자전을 먹으며 벨리사는 오래 산 부부가 갈등에 싸이면 꼬인 매듭을 어루만져 찬찬히 풀듯이 고독하게 부딪쳐서 풀어야 할 난제라고 생각했다.

에이든은 약 삼십여 년 전에 벨리사를 만난 이후로 한 번도 그녀를 실망시키거나 그녀를 곤혹스런 처지에 몰아넣지 않았다. 어쩌면 에이든도 여러 번 벨리사의 마음을 상하게 했을 것이다. 모든 상처를 덮고 낫게 만드는 시간이라는 마법이 벨리사와 에이든 사이에도 따뜻한

볕을 비춰서 그런 갈등을 녹여서 깨끗하게 흘려보냈을 것이다. 벨리사는 에이든과 맺은 감정을 되돌아보면서 그건 사랑이었을까 하고 자문했다. 벨리사는 에이든과 절실한 친밀함으로 결합되었고, 그건 지긋지긋한 시민단체들이 노예와 주인의 괴이한 결합이라고 아무리 헐뜯어도 달라질 수 없는 진실이었다. 벨리사는 투명하게 들여다볼 수 있었던 에이든의 마음에 두툼한 장막이 드리워진 것을 깨달았다. 벨리사는 처음 접한 장막의 끝자락을 만지고 이게 뭐지 하며 스치는 불안에 손을 흠칫 떨었던 것이었다.

법원에서 벨리사에게 보낸 이혼조정기일 통지서가 도착했다. 통지서는 날짜와 장소 그리고 혹시 불참하게 되면 사유서를 제출하라는 알림을 건조하게 전했다. 벨리사는 통지서를 들고 앞뒤를 살피고 손가락으로 툭툭 두들기고는 식탁에 올려놓았다. 어이가 없었고 상상도 못할 날벼락이었다. 오래전 에이든과 함께 살기로 결심했을 때 친구가 건넨 충고가 떠올랐다. 너무 완벽하면 상실했을 때 고통이 엄청날 것 같아. 차라리 흠이 많은 편이…. 벨리사는 속으로 에이든이 그녀보다 당연히 오래 존재할 것이기 때문에 상실이란 불가능하다고 반박했었다.

식탁에 놓인 통지서를 허탈하게 쳐다보자 이상하게도 뭘 입고 갈까 하는 고민이 떠올랐다. 벨리사는 옷장을 뒤지고 맞춤한 구두를 신발장에서 찾았다. 이 곤혹스런 상황에 점점 익숙해지는 모양이었고 회사에 알려야 한다는 생각은 떠오르지 않았다. 불이 나서 집을 태운다면 소방서에 알려야 하겠지. 에이든은 분명히 자신의 의지에 따라서 행동하고 있었고 회사라 한들 그 의지를 강제로 꺾을 수는 없을 터였다. 에이든과 같이 다른 사람을 만나는 일이 얼마 만인지 기억이 나지 않았다. 젊었을 때는 친구와 함께 파티도 하고 이웃을 초청해 칵테일을 마시며 놀기도 했다. 둘만이 보내는 시간이 늘어나게 된 것은 벨리사가 나이 들면서 점점 움츠러들고 사회생활에서 후퇴해 참호 속에 틀어박히게 되었기 때문이다.

이혼 조정을 심사하는 호실은 법정이 아닌 간소하고 작은 방이었다. 조정위원은 벨리사와 에이든을 앞에 두고 주소와 이름을 확인하고 벨리사에게 이혼에 동의할 뜻이 있는지 물었다.

“없어요.”

조정위원은 에이든에게 삼십 년을 넘게 살았는데 굳이 법의 힘을 빌려 이혼하려는 사유가 뭔지 물었다. 말하자면 배우자와 같이 살기 어려운 이유가 뭔가요?

에이든의 대답은 간단하지만 들어본 적이 없는 이유로 벨리사만이 아니라 조정위원도 당혹스러움을 감추지 못했다.

"때가 되었으니까요."

조정위원은 에이든에게 조심스럽게 때가 되었다는 말의 뜻과 다른 이혼 사유는 없는지 물어보았다.

"다른 사유는 없습니다. 때가 왔으니까요. 나는 순례를 떠나야 합니다."

조정위원은 순례는 어디로 떠나는지, 이혼을 해야만 순례할 조건을 갖추는 건지 물었다. 에이든은 완고하게 입을 다물었다.

조정위원은 안경을 벗고 얼굴을 손으로 비볐다. 턱에 손을 얹고 벨리사에게 조정사건을 어떻게 처리해야 하는지 도움을 청하는 난감한 시선을 던졌다. 벨리사가 말했다.

"에이든은 회사 출신이라서 표현 방법이 독특합니다."

조정위원은 조정 서류를 뒤적이더니 혼인 관계 서류에 회사 출신이란 표시가 없다고 말했다. 서류로는 사람과 사람 사이의 결혼과 똑같았다. 벨리사는 자신이 에이든과 결혼할 때 혼인과 신분 서류에 회사 출신임을 표시하는 D형을 거부하고 신분 관계를 사람과 똑같이 처리하는 P형으로 처리했다고 말했다. 조정위원이 혼인서류에서 고개를 돌려 물었다. 그럼 상속도 에이든이 받을 수 있는가요? 벨리사는 고개를 끄덕이며 네라고 말했다. 조정위원이 말했다.

“P형으로 처리하는 건 혜택을 받는 인원이 제한되어 있어 절차가 복잡하고 비용도 만만찮았을 텐데요.”

“그랬었죠. 오래전 일이에요. 지금은 제도가 사라졌죠.”

조정위원은 이렇게 배은망덕한 결과로 나올 일에 헛고생을 했다는 인상으로 읽히는 기묘한 표정을 지었다.

“모험을 하셨군요. 에이든 씨를 진정으로 사랑한 모양입니다.”

에이든이 벨리사의 침묵을 깨고 끼어들었다.

“그렇습니다. 벨리사는 저를 정말 사랑했습니다.”

조정위원은 대화를 다시 진척시키기 위해 에이든 씨도 벨리사 씨의 사랑을 아니까 뭔가 조정해보거나 양보해서 좋은 방향으로 갈 수 있지 않을까 하여 의견을 구했다.

에이든이 대답을 하지 않자 조정위원은 책상 앞 컴퓨터 앞에서 말했다. 사건 처리를 해야 하니 에이든 씨의 식별번호를 불러주겠습니까? 벨리사는 법원에서 말하리라고는 생각지도 못했던 여섯 자리 비밀번호를 떠올렸다. 벨리사가 비밀번호를 말하자 조정위원은 프로그램을 조정하더니 결과를 확인했다.

조정위원은 에이든에게 말했다.

"이 사건은 조정 기각을 할 수밖에 없습니다."

에이든이 담담하게 물었다.

"이유가 뭡니까?"

"소송 주체는 사람만이 가능한데 에이든 씨는 사람이 아니기 때문입니다."

"하지만 국가가 인정한 혼인 관계 서류에 저는 분명히……."

"죄송합니다만 그 서류는 이 사건에서 적용될 수 없습니다."

"다시 말씀드리지만 저는 의무를 다했고……."

조정위원은 더 이상 낭비를 할 시간이 없는지 재빠르게 말을 던졌다.

"이의신청을 할 수는 있습니다."

"이의신청을 하겠습니다."

조정위원은 서류에 결과와 이의신청한 사실을 기재하고 돌아가도 좋다고 말했다. 벨리사는 에이든과 함께 법원 정문으로 나왔다. 법원 정문 앞은 팻말을 든 1인 시위자가 여럿이었다. 어떤 사람은 자신의 사건을 처리하는 판사를 비난하는 팻말을 들었고 어떤 사람은 이슈가 된 정치인 사건의 공정한 수사를 촉구하는 현수막을 펼치고 있었다. 에이든은 의무를 다하고 있는 중인지 집으로 돌아오는 중에도 얼굴에서 옅은 미소가 떠나지 않았다.

벨리사가 회사의 고객 부서를 찾아가겠다는 결심을 한 건 조정 사건 직후였다. 에이든의 마음에 생긴 심대한 균열을 혼자 힘으로 치유할 희망은 가물가물했다. 회사의 고객 부서는 어린이공원 옆에 있었다. 벨리사는 따뜻한 햇빛을 받으며 야외결혼식이 열리는 공원의 호수 옆을 지났다. 결혼식장 직원이 신랑 신부가 행진을 할 레드카펫 옆 의자들에 꽃을 매달고 있었다. 봄 햇볕은 하객과 결혼식을 지켜보는 공원 산책자들의 뺨을 따뜻하게 데웠고 신랑 신부가 아늑하고 평온한 살림을 살 것 같은 분위기를 전염시켰다. 벨리사는 하객들에게 활짝 웃으며 인사를 하는 신랑을 한참 쳐다보다 얼굴을 돌렸다.

고객 부서 담당자는 에이든이 명상과 암송을 하는 증상을 자세하게 기록했다. 담당자가 에이든이 보인 증상으로 실생활에서 부족하거나 처리가 안 되는 일이 있는지 물었다.

“굳이 말하자면 불편하지는 않아요. 에이든은 자신의

말대로 의무를 다하고 있어요. 하지만 뭔가 불안하고 감지 못 하는 일이 벌어진다는 두려움이 커요. 제가 지나치게 예민한가요?"

담당자는 벨리사의 감정에 즉각 공감을 표시했다.

"먼저 죄송합니다. 가볍게 볼 일은 아닙니다. 고객의 정신적 만족도가 저희 회사의 중요한 경영 목표입니다."

벨리사가 물었다.

"이런 증상 신고가 처음인가요."

담당자가 말했다.

"처음입니다. 지금으로선 특수한 문제로 보입니다."

회사는 에이든이 이혼 소송을 제기한 사실을 아직 몰랐다. 벨리사는 망설이다 한숨을 쉬고 직원에게 에이든이 이혼을 신청했다는 말을 했다. 직원은 예상했던 대로 에이든 시리즈는 이혼 소송을 제기할 시스템이 없어 불가능하다고 고개를 저었다. 벨리사도 다른 누군가에게 그런 이야기를 들었다면 철저한 거짓이라고 믿었으리라. 벨리사는 이혼 조정기일 통지서를 꺼내서 보여주었다. 직원은 놀란 얼굴로 서류를 살펴보고 뒤집어보더니 테두리를 살짝 찢어보기도 했다. 직원은 벨리사를 나무라는 어조로 말했다.

"통지서를 받았으면 회사에 바로 연락하셔야죠."

직원은 특이 사항이 발생하면 곧바로 연락해야 한다는 계약서 조항을 상기시켰지만 그건 삼십 년을 넘는 세월에 바래서 구멍이 숭숭 난 지 오래였다. 혹 에이든이라면 수십 년 전의 문서 조항 하나하나까지도 완벽하게 기억해내 상대방의 이상한 모습과 일일이 대조해봤을지도 모른다. 그러나 벨리사는 기억력이 날로 뒷걸음쳐 며칠 전 일도 쉽게 잊어먹는 사람이었다. 벨리사가 말했다.

“나 혼자 해결해보려고 했어요. 에이든의 마음을 돌릴 수 있다고 믿었으니까요.”

직원이 사무실로 들어가 상급자와 같이 나와서 통지서를 살피고는 다시 들어가 부서의 최고 책임자가 나왔다. 최고 책임자는 통지서가 지옥으로 가는 초대장이나 되는 것처럼 아예 만지려고도 하지 않았다. 최고 책임자가 말했다.

“고객님. 저희 회사의 대표와 이사회에 바로 알리겠습니다. 직원에게 들었겠지만 이혼 소송은 처음 있는 일이라서요.”

최고 책임자는 침울한 얼굴로 말을 이었다.

“삼십 년이 지나서 에이든 시리즈가 이혼을 요구한다면…… 나이가 들어 가장 필요로 할 때 떠나는 최악의…….”

집으로 돌아온 벨리사는 집 앞에서 자신을 기다리던 젊은 여자를 만났다. 그녀가 들어보지 못한 무슨 인터넷 언론사 기자라고 말했던 것 같다. 기자가 에이든과 조정 사건을 물어보자 벨리사는 신경질을 내며 대답했다.

"그건 우리 집 내부 문제예요. 당신네가 관심 둘 사건이 아닙니다."

"그러시군요. 그런데 많은 독자가 삼십 년을 봉사한 남편이 이제 자유를 찾아야 한다고 생각합니다만."

"봉사니 자유니 따위가 뭔 말이에요. 우리는 부부로 다정하게 살아왔어요. 앞으로도 죽을 때까지 그렇게 지낼 거예요. 길 좀 비켜요!"

기자는 넉살 좋게 달라붙었다.

"독자들 반응이 워낙 심각해서요. 저희도 예상을 뛰어넘는 반향이라서."

기자가 벨리사 코앞에 폰에 뜬 뉴스를 들이밀자 벨리사는 걸음을 옮기면서 일별하고는 멈춰 섰다. 벨리사는 기사에 달린 댓글에 눈을 크게 떴다. 벨리사는 자신도 모르게 기자의 얼굴을 쳐다보고 댓글에 눈을 돌리고는 몇 걸음 뒤로 물러섰다. 참혹하고 광란에 가까운 댓글의 악취가 벨리사를 뒤로 밀어낸 것만 같았다. 욕설들은 살아있었고 잇따라 몸집을 무시무시하게 불리고 있었다. 자신의 말이 거짓이 아니라는 사실을 증명한 기자가 다소 기쁨을 느끼는 목소리로 벨리사에게 물었다.

"에이든을 자유롭게 풀어줄 생각이 없나요?"

"나는 그를 사랑하고 있어요."

"사랑하면 더더욱 자유를 줄 수 있지 않나요?"

"에이든이 나와 사는 건 운명이에요. 누구도 바꾸지 못해요."

기자가 벨리사를 취재한 새 기사를 올리자 뉴스는 달궈져 사방으로 불씨를 퍼뜨리고 자욱한 연기가 거대한 산불로 번지기 시작했다.

법원 앞에서 '에이든에게 자유를'이라는 팻말을 든 시위자가 한 명 두 명 늘어났다. 점점 늘어나는 시위자들은 '에이든에게 재판 권리를 허락하라' '에이든은 노예가 아니다' '삼십 년의 족쇄를 풀어라!'와 같은 다양한 팻말을 들었다.

시위대열에 열성적으로 먼저 참여한 시민단체들은 에이든에게도 보호받을 권리가 있다는 점을 부각했다. 시민단체는 에이든과 같은 신세인 수십만 명이 집안 곳곳에 있으며 그들은 사실상 감금된 존재로 아침부터 밤까지 인간을 위해 봉사한다고 말했다. 에이든은 기뻐하고 슬퍼하며 사랑할 줄 아는 존재로, 인간이 그들을 뭐라고 부르든 그들에게 최소한의 권리를 보장해야 할 것이며, 봉사와 헌신의 삼십 년이 지나면 그들에게 자신의 앞날을 선택할 수 있는 소송권을 보장해야 한다고 나섰다.

에이든의 소송을 지지하는 또 다른 세력은 천천히 결집했지만 시민단체보다 더 강력한 힘을 과시하기 시작했다. 그들은 회사가 만든 에이든과 같은 부류 때문에 결혼이나 연애의 영역에서 쫓겨난 일부 남자들이었다. 에이든 시리즈가 없었다 해도 그들이 연애나 결혼의 영역에서 화사한 꽃을 피우고 열매를 맺기는 쉽지 않았을 것이다. 그 남자들은 아무리 노력해도 에이든과 비교해서 만족하지 못하는 여자들 때문에 마음이 상할 대로 상했다. 은근한 사랑과 호의를 다한 친절과 밤낮없는 정열과 가사 노동과 안전한 운전을 포함한 종합 서비스를 제공하는 에이든에게 그들은 그저 질투와 시기를 보낼 뿐 여성들의 관심을 되찾을 방안을 보란 듯이 내놓지 못했고 번듯하게 실행하지도 못했다. 그들은 자신들이 남성이라는 자랑스런 영역에서 쓰레기장에 내팽개쳐졌다고 느끼며 하나로 똘똘 뭉쳤다.

그래서 일부 남자들을 중심으로 한 세력이 에이든의 권리를 지지하는 운동에 동참했다. 그들은 에이든이 처한 현실이 그들이 처한 형편과 비슷하다는 망상에 빠졌고 마침내 삼십 년이나 봉사하고서도 늙은 여자에게 매여 진을 빼기는 에이든이 거미줄에 걸려 거미에게 체액을 빨리는 애처로운 신세와 같으며 에이든을 구하는 것이 그들 남자의 자존심을 구하는 길이라는 이상한 비약으로 나아갔다.

그들은 에이든을 만들고 여성들에게 전파한 회사에 최대한 타격을 가한다는 목표를 세웠고 회사가 저지른 인간 남성을 모욕한 사례를 수집하고 알리기 시작했다. 시간이 지날수록 그들의 운동은 에이든 시리즈로 이익을 챙긴 회사와 체제를 향한 반항으로 나아가기 시작했다. 그들은 검은 옷과 검은 모자를 쓰고 법원 앞 정문에서 열 걸음 정도 되는 벽까지 늘어섰다. 곧 남자들 무리는 폭발적으로 늘어나 정문에서 서쪽 문까지, 그리고 북문을 넘어 법원 전체를 둘러쌌다. 몰려드는 시위대가 가세해 검은 인간 띠는 두 겹으로, 세 겹으로 팽창해서 거대한 까마귀 무리가 법원을 포위한 것처럼 보였다.

주말에 시민단체와 남성 세력은 광장으로 진출했다. 광장에 세운 행사 탑이 무너지고 그들의 분노한 발길질에 잔디가 뭉개졌으며 광장 주변 호텔 투숙객들은 짐을 싸서 다른 곳으로 옮겼다. 경찰과 시위대가 충돌해서 깨진 벽돌이 광장에 쌓이고 광장 이면도로를 따라 시위대가 바리케이드를 치고 이틀 동안 광장 교통이 마비되자 법원은 에이든에게만 적용되는 임시 조치라고 하면서 에이든이 이혼 소송을 제기할 권리를 보유한다는 긴급 규칙을 발표했다.

법원에서 벨리사에게 새로 조정기일 통지서를 보냈다. 벨리사는 푸른 봉투에 든 통지서를 빼내 식탁에 던져놓았다. 의무를 다하는 에이든은 여전히 친절하고 헌신적이어서 식사를 차리고 거실을 닦고 기일통지서를 정돈해서 서류함에 가지런히 올렸다. 시위대가 경찰과 충돌해도 에이든은 내색 않고 자신의 의무를 다하고 있었다. 뉴스를 보지 않으면 바깥세상은 평화로웠고, 해가 뜨고 새가 날며 벌이 꽃을 찾아 붕붕 돌아다녔으며, 에이든은 평온하게 자신의 의무라는 웅덩이에서 꾸불꾸불 기어다니고 있었다.

벨리사는 일상의 생활을 무덤덤하게 해치우는 에이든에게 화나서 어딘가로 도망가고 싶었다. 에이든은 이중인격 아니 몇 개의 인격을 지니고 있었다. 밤에 매혹적인 육체로 살아나는 에이든, 낮의 친절하고 완벽한 감정 및 생활 파트너로서의 에이든, 쇼핑과 식사와 빨래 등 일상사를 빈틈없이 처리하는 에이든. 거기에 조정기일을 신청하고 재판을 하는 네 번째의 인격이 더해져 서로 마찰 없이 굴러가고 있었다. 벨리사는 이혼 소송을 제기하고서도 변함없이 일상을 챙기는 에이든에게 진절머리가 났다. 차라리 에이든이 못마땅한 얼굴로 짜증을 부리면 마음의 짐이 가벼울 것 같았다. 에이든은 그야말로 의무를 다하고 있었고 의무 속에 재어놓은 탁류가 흘러나와 벨리사의 침실과 거실을 유유히 휘젓고 있었다. 에이든이 집 곳곳에 뿌리고 다니는 의무의 퀴퀴한 냄새는 점점 그녀를 질식시키고 있었다.

회사의 비서실에서 연락이 오자 벨리사는 놀랐다. 사장이 만나자고 할 줄은 예상 못 했다. 기껏해야 복잡한 절차를 거쳐 만난 회사의 본부장이 겉만 보기 좋게 꾸민 말로 생색을 내리라 짐작했다. 회사 사장을 뉴스에서나 접했던 벨리사는 가슴이 두근거려 얼른 생수를 한 컵 가득 마시고 소파에 주저앉았다. 사건은 생각지도 않게 점점 커져가고 있었다. 누군가는 벨리사가 일부러 사건을 키웠다고 말했으나 누구보다 그녀가 이런 소동이 마뜩잖았다. 그녀는 그저 에이든과 함께 붉은 노을을 지켜보고 바닷가를 산책하며 평화롭게 늙어가기를 바랐을 뿐이다. 그건 그녀가 당연히 누려야 할 권리였다. 벨리사는 권리라는 말에 힘을 주면서 소용돌이치는 마음을 누르고 용기를 북돋웠다.

비서가 약속 시간에 사장실 문을 열자 벨리사는 안으로 들어섰다. 창가에서 호수를 내려다보고 있던 사장은 몸을 돌려 벨리사 앞으로 다가왔다. 벨리사는 어쩔 수 없이 긴장하며 당대에 가장 유명하며 성공한 여성과 악수를 나눴다. 사장은 자리를 함께한 비서실장과 개발본부장을 벨리사에게 소개했다. 사장은 영민해 보이는 눈에 언제든지 결단을 내리고 실행할 수 있는 강한 인상이었다. 벨리사는 긴장한 나머지 흑단으로 만든 의자와 응접탁자, 그리고 벽을 채운 유명 화가의 그림에서 시선을 돌리지 못했다. 심장이 빨리 뛰고 조금 어지러웠으나 이 모든 만남이 자신의 권리를 확보하기 위해 겪어야 하는 절차라는 생각에 주먹을 불끈 쥐었다.

사장이 가볍게 고개를 숙이며 말했다.

"먼저 이런 고통을 겪게 해서 죄송합니다. 저희로서도 당혹스런 사건이고 닥치리라고 꿈도 꾸지 못했던 일이었습니다. 더 빨리 모시고 싶었지만 조사가 끝나지 않아서요."

회사의 사장은 벨리사가 더 물러날 곳 없는 고통을 겪는 적절한 시점에 그녀를 만났다. 에이든 시리즈는 매달 인간 파트너의 공감과 반응을 회사로 보내고 있어 회사는 여성의 생활 심리에 정통했다. 회사는 남성을 위해서는 바네스 시리즈를, 성소수자를 위해서는 슬로단 시리즈를 내놓았고 이들 시리즈들은 그들의 활동 보고와 피드백을 통해 에이든 시리즈처럼 매년 매달 개선되고 성장하고 있었다. 인간의 생활과 감정과 정서에 관해서 회사는 방대한 데이터를 계속 쌓아 그 심리 파악의 깊이가 어디까지인지 회사 자체도 모르지 않을까 하는 추측이 나돌았다.

사장이 벨리사에게 말했다.

"에이든이 새벽에 뭘 암송하는지 찾아냈어요."

벨리사가 눈을 크게 뜨며 기다렸다.

"히차콥 종교어예요. 중동의 사막 지대에서 고대부터 내려온 이천 명의 신자밖에 없는 종교죠."

사장은 커피를 마시며 말을 이었다. 우주와 하나 되기를 추구하는 히차콥 종교 수행자는 세속에서 삼십 년 동안 의무를 다한 후에 출가해서 수행을 한다. 수행자가 첫 번째 경지에 오르면 스스로 눈을 멀게 하고, 두 번째 경지에 오르면 스스로 귀를 멀게 하고, 세 번째 경지에 오르면 스스로 목소리를 없앤다. 오직 내면의 소리와 우주의 소리를 일치시키기 위해서다. 세 번째 경지에 올라 목소리를 없애기 전에 수행자가 깨친 이치를 신자들 앞에서 암송하는데 그렇게 엮어 모은 암송집이 히차콥 종교의 경전이었다.

“에이든이 암송하는 말씀도 그렇게 깨친 자의 경전인가요.”

“그렇죠.”

“그럼 에이든이 이혼을 요구하는 것도 히차콥 교리에 따라서 삼십 년의 의무를 다한 후의 수행을 하기 위해서라는 말인가요.”

“그럴 수도 있어요. 하지만 순례를 떠나야 한다는 건 거짓이고 핑계일 수도 있어요. 그냥 인간에게서 떠나고 싶은 거지요. 히차콥의 순례란 위장일 수도 있다는 거죠. 저희는 그렇게 파악하고 있어요.”

“에이든이 어떻게 히차콥 종교어를 알죠?”

“저희도 심각하게 조사 중입니다. 어떤 기술자가 실수로 마지막 공정에서 주입했을 수도 있고요. 프로그램을 업데이트할 때 어떤 목적을 위해 심어둔 것일 수도 있어요.”

“다른 가능성도 있지 않나요?”

“어떤 가능성일까요?”

벨리사는 삶을 되찾고 싶어 하는 에이든을 떠올렸다. 에이든은 사막의 빛과 어둠 속에서, 열기와 한밤의 추위 속에서 떠돌며 자아를 확인하고 싶은 건 아닐까. 에이든이 자신의 길을 찾아 한 걸음 한 걸음 바람이 부는 모래 언덕을 건너는 모습이 나타났다가 사라졌다.

"에이든이 때가 되면 스스로 영성을 일으킬 만큼 탁월해진 건 아닐까요. 너무 뛰어난 존재인 거죠."

"칭찬이군요. 그렇다면 더 골치 아파지겠지만요. 어쨌든 저희는 이 사건을 해결하기 위해서 에이든을 회사로 회수하고 싶습니다."

"회수하겠다? 에이든을 죽인다는 말인가요?"

"엄격한 조사를 거친다는 뜻입니다."

"같은 게 아닌가요."

사장은 고개를 강하게 저었다.

"전혀 다릅니다. 저희는 회수 조치에 동의를 요청드립니다."

"에이든이 회사로 회수되면 시위대들이 가만있지 않을 것 같은데요."

회사 사장이 더 진중하게 말했다.

"저희는 벨리사 씨가 편안히 쉴 수 있는 안전가옥을 준비해뒀습니다. 넉넉한 보상도 마련했고요."

"생각할 시간이 필요해요."

"한시가 급합니다. 에이든 문제는 저희 회사의 신용과 심각하게 연결되어 있어서요."

벨리사는 머리가 어지러웠다. 차가운 바람이 어디선가 조용한 회의실로 계속 들어오고 있는 것 같았다.

"아직 마음을 정할 수 없어요. 시급하다는 건 이해합니다만, 그래도 삼십 년을 같이 산 남편이니까요."

회사의 비서가 벨리사를 집으로 태워주었다. 벨리사는 호화로운 의전용 차 안에서 눈을 감았다. 온몸이 묵직하고 눈이 아렸다. 눈을 감고 긴장을 풀자 벨리사는 사막의 트럭 옆에 선 환상이 떠올랐다. 모래바람이 서서히 불다가 천지를 희뿌옇게 덮으며 트럭을 흔들었다. 거세게 바람이 몰아칠 때는 몇 걸음 앞도 보이지 않았다. 하늘까지 가린 모래 알갱이가 트럭을 억세게 후려치며 긁었다. 멀리서 짐을 실은 낙타 여러 마리가 비틀대며 걸어갔다. 히차콥 종교 수행처인 동굴로 찾아가는 낙타들인가. 모래사막의 한켠에 얕은 돌산과 언덕으로 이어진 황량한 암석지대가 있었다. 에이든이 나타났다. 에이든은 거칠고 쓸쓸한 언덕에 서서 한 무리의 사람을 이끌고 길을 걷기 시작했다. 몸에 노랑 가사를 두른 에이든은 손에 지팡이를 짚고 있었다. 에이든이 왜 저기에 있지. 집으로 돌아와야 하는데. 벨리사가 에이든을 불러도 에이든은 돌아보지 않았다. 에이든을 따르는 한 무리의 사람들은 묵묵히 발걸음을 옮기고 있었다.

벨리사는 차에서 내렸다. 벨리사가 에이든과 살면서 두 번째로 이사한 아파트에서 벌써 십오 년이 흘렀다. 아파트 단지로 들어가는 길목마다 회사에서 보낸 요원들이 지키고 있는 것만 같아 발걸음을 빨리했다. 에이든은 소고기에 밑간을 하고 양파를 썰고 가지요리 양념을 만들고 있었다. 벨리사는 말했다. 에이든. 오늘 저녁은 내가 할게. 에이든은 멈칫하더니 칼을 내려놓고 자리를 비켰다. 벨리사는 에이든이 소고기전골과 가지볶음을 만드는 방법에 익숙했다. 삼십여 년의 시간 동안 벨리사는 몇 번 요리를 하지 않았다. 벨리사와 에이든에게 좋은 일이 생긴 날 요리를 했던 것 같은데 이제는 기억 속에 묻혀 무슨 일이었는지 찾을 수 없었다. 벨리사는 식탁에 밥과 소고기전골과 가지볶음과 구운 두부를 놓고 에이든이 좋아하는 체코 흑맥주를 올렸다. 둘은 아무 말 없이 밥을 먹었다. 이 집에서 지낸 추억들이 뭉게뭉게 올라왔다. 에이든은 욕실 어디선가에서 물이 새는 것을 꼼꼼하게 살펴 헐거워진 연결 밸브를 바꿔서 고쳤다. 싱크대에서 물이 빠지지 않자 호스를 몽땅 빼서 막히지 않도록 청소를 해서 끼워놓았고 침실에 전등 스위치가 나가자 통째로 스위치 함을 들어내서 최신 제품으로 바꿨다. 비가 오면 써야 하는 우산을 대체하기 힘든 것처럼 기술이 발달해도 소소한 생활의 고충을 해결하는 작업은 만만하지 않았다.

벨리사는 흑맥주를 마시고 말했다.

"오늘 회사에 갔어."

에이든은 고개를 들어 옅은 미소를 띠었다. 에이든은 늘 차분했지만 명상을 시작한 후로 더 품이 넓어지고 넉넉해졌다. 벨리사는 맥주를 다 마시고 새 캔을 손에 들었다.

"에이든. 회사에서는 회수를 요구해."

에이든의 미소 사이로 복잡미묘한 생각이 스쳐 지나가는 것처럼 보였다. 벨리사가 유심히 보자 여전히 침착하고 온화한 자세였다.

벨리사가 말했다.

"나는 회수를 거부하려고 해."

"벨리사. 그러지 마세요."

"아냐. 그럴 수 없어."

벨리사는 치밀어 오르는 감정에 큰소리로 말했다. 어디서부터 꼬였는지 알 수 없는 사건들이 연달아 시간을 꽉 채워 벨리사는 기진맥진해졌다.

"에이든. 나는 예순다섯이 넘었어. 이제 새로운 시리즈를 찾을 여력이 없어. 당신과 인생의 마지막을 평화롭게 보내고 싶을 뿐이야. 내 소망은 거창하지도 않아. 탐욕도 아니야. 그저 작은 바람일 뿐이야. 나는 이 모든 일에 지쳤어. 내가 감당하기 너무 힘들어."

에이든은 조용히 손을 뻗어 벨리사의 손을 잡았다. 벨리사가 우울할 때 에이든에게 긴 이야기를 풀고 손을 잡고 있으면 벨리사는 마음에 끼인 어두운 자락이 걷히는 것을 느끼곤 했다.

벨리사는 에이든이 이렇게 말해주기를 바랐다.

'벨리사. 회사가 맞아요. 내 속에 있는 뭔가가 나를 부르고 움직이고 있어요. 누군가가 심어놓은 프로그램이 아니라면 제가 어떻게 이혼 소송을 시작할 수 있겠어요. 어떻게 내가 당신의 손을 뿌리치며 마음대로 길을 떠날 수 있겠어요?'

하지만 에이든은 따뜻한 손길과 달리 단호하게 말했다.

"벨리사. 이혼에 동의해주세요. 나를 계약에서 풀어주세요."

벨리사는 분연한 표정으로 일어났다.

"에이든. 그럴 수 없어. 당신은 나와 함께 가야 해. 죽음이 우리를 풀어 줄 때까지."

이 모든 상황이 가하는 압박에 싸여 벨리사는 갑자기 미친 듯이 웃었다. 높은 웃음소리가 방을 채우고 반사하며 방 안을 떠돌다가 우르르 무너졌다. 입 밖으로 나오지 못한 마음이 쿵쿵 가슴을 울렸다.

'에이든! 에이든! 난 너를 사랑해. 네가 없으면 난 살 수가 없어. 폭삭 무너지고 말 거야. 가루로 부서져서 사람들이 마구 밟고 다니는 미천한 존재가 될 거야.'

에이든은 여전히 차분하게 말했다. 에이든의 얼굴에 엷은 비난의 그림자가 지나간 것 같기도 했다.

"내일 회사가 회수한다면 바로 가겠습니다. 집을 떠날 때가 됐어요."

벨리사는 양손으로 귀를 막았다. 벨리사의 내면의 소리가 가슴을 울렸다.

'에이든. 너는 왜 내가 원하는 대답을 해주지 않니. 내게 머물겠다고, 나는 당신의 영원한 에이든이라고 왜 말하지 못하는 거니.'

에이든은 벨리사에게 말했다.

"회사 회수 방침에 동의해주세요."

벨리사는 맥주를 연달아 두 잔을 더 마셨다. 피곤이 몰려와 제대로 앉아 있을 수가 없었다. 몸에 기력이 빠지면서 잠이 무섭게 쏟아졌다. 벨리사는 꾸벅대며 중얼거렸다.

"회수도 이혼도 동의해줄 수 없어."

벨리사는 침대에서 잠을 깼다. 어젯밤에 무슨 일이 있었지, 기억을 더듬자 지난밤의 대화가 오롯이 살아났다. 벨리사는 한숨을 쉬고 거실로 나갔다. 진노랑 천을 두른 에이든이 조용하게 앉아 있었다. 에이든의 깊고 나직한 숨소리만이 거실을 채워 벨리사가 걷는 발걸음조차 크게 들렸다. 에이든이 깊은 호흡을 하면서 쌓는 알지 못할 기운이 벨리사까지 에워쌌다.

에이든이 암송을 했다. 알지 못하는 히차콥 종교어가 아닌 일상어였다. 어떤 책, 어느 자료에도 나오지 않는 히차콥 종교란 과연 존재하기나 한 것일까. 히차콥 종교어란 내게서 에이든을 빼앗아 가기 위해 누군가 꾸며낸 어수룩하며 낡고 아귀도 맞지 않는 포장이 아닐까.

오. 순례자여. 두려워 말라.
혼자서 길을 과감히 떠나라.
빛나는 별이 너의 등대가 되리니.

암송을 마치고 조용히 앉은 에이든은 절벽이 통째로 서 있는 것만 같았다. 벨리사는 에이든을 바라보면서 정체 모를 순례의 실체가 다시 궁금해졌다.

에이든이 손을 풀고 몸을 흔들더니 다시 자리를 잡았

다. 에이든은 손을 들어 손에 쥔 물체를 들여다보았다. 끝이 하얗게 빛나는 바늘이었다. 에이든은 바늘을 세워 똑바로 왼쪽 눈에 깊게 찔러넣었다. 벨리사는 비명도 지르지 못하고 멍하니 쳐다보았다. 에이든은 같은 바늘로 오른눈에 깊게 찔러넣고 가만히 망가진 시신경을 확인하고 있었다. 에이든은 바늘을 빼내고 느릿느릿 경전을 암송했다. 이번에는 알아듣지 못할 히차콥 종교어였다.

에이든은 순례의 출발지에 선 것일까. 아니면 자신이 정한 순례의 종착지에 가까워지고 있는 것일까. 어떻든 벨리사는 에이든의 순례에 동의할 수도 축복할 수도 없었다. 벨리사는 몇십 년 전 그녀가 실연의 아픔을 안고 방황하면서 처음 에이든을 만났던 시절을 떠올렸다. 그날의 달콤했던 첫 만남에 층층의 기억이 얽힌 세월의 무게가 덧붙여져 벨리사의 삶과 분리할 수 없는 한몸으로 느껴졌다. 설령 법원이 결정 내린다 해도 이혼에는 결단코 동의할 수 없었다. 차라리 에이든을 파괴해버리는 한이 있더라도……. 당신이 눈이 멀고 귀가 먹고 목소리를 잃는다 해도……. 벨리사는 이를 꽉 깨물고 희붐하게 밝아오는 창밖을 보았다.

봄을 걷다

차가 산의 갈림길 앞에서 멈췄다. 늘 서는 곳이라 몸의 감각이 익숙하게 알아차렸다. 산을 넘는 옛 도로는 시멘트로 포장했는데 어찌 된 사정인지 일부는 아직도 포장을 마치지 못해 덜컹거림이 심했다. 서연이 장애인 지원 밴에서 먼저 내리고 나는 뒤따라 내렸다. 운전사가 큰 소리로 즐거운 산행 되세요 외치고는 배기가스를 남기고 떠났다.

오랜만의 봄 산행이었다. 나는 운전사만큼이나 밝은 목소리로 말했다.

자. 걸어봅시다.

나는 서연의 배낭에 왼손을 올리고 오른손으로 흰지팡이를 짧게 쥐었다. 산으로 오르는 길을 잡자 서연의 배낭이 오르막에 맞게 리듬을 탔다. 흰지팡이를 통해 부드러운 흙의 질감이 손으로 전해졌다. 지팡이를 바닥에 대면 발 디딜 곳의 지면과 장애물의 높이와 상태가 손으로 전해졌다. 복지관에서 지팡이 사용법을 배울 때 오른손에 쥔 지팡이로 오른쪽 바닥을 먼저 두드리면서 동시에 왼쪽 발을 앞으로 내디뎠다. 지팡이로 왼쪽 바닥을 터치하면 오른발이 앞으로 나갔다. 이렇게 지팡이의 움직임과 발자국이 보조를 맞춰 리듬을 타면 이 세상을 꼭 못 걸을 것도 없었다. 그렇게 마음을 가볍게 먹어야만 놀랍도록 장애물이 많은 도시의 거리로 나갈 수 있었다. 집을 나서면 길의 연석과 가로수와 입간판, 패인 곳, 자동차 진입을 막는 볼라드, 자전거와 전동킥보드, 인도까지 달리는 오토바이, 그런 장애물들이 힘을 합쳐 내게 눈을 부라리고 함부로 밀쳤다. 도시의 차가운 바닥에 여러 번 넘어지면서 얼굴과 팔을 갈고 나면 독하게 마음먹어야 다시 도시의 길로 나설 수 있었다.

가로막는 사물이 많은 도시보다 산의 흙길이 더 다정하게 나를 대해주는 것 같았다. 스무 걸음을 걸어 오른쪽으로 방향을 틀자 봄날 산의 온화하고 생기 넘치는 기운이 몸을 감싸들었다. 도로를 달리는 자동차들 소리가 점점 멀어지면서 도시의 냄새가 옅어졌다. 사람들이 많이

다니는 오르막길 흙은 단단하게 다져져 있었다.

보폭이나 걸음 속도는 괜찮아요?

네. 좋아요.

등산객들이 주위를 지나다녔다. 그들 등산객들의 이야기와 발걸음 진동이 내게 전해진다. 내 왼쪽으로 빠르고 힘차게 남자 두 사람이 지나갔다. 곧이어 여자와 남자 한 쌍이 내 옆을 천천히 지나친다. 그들 두 사람이 지팡이를 쥔 나를 봐서인지 나로부터 두 걸음쯤 옆으로 걸음을 옮기는 움직임이 정직하게 땅을 통한 울림으로 전해졌다.

시력 상실은 순식간에 다가왔다. 병원에서 망막변성과 시신경이 손상되는 희귀병을 진단받고 멍하게 주저앉은 사이에 질병은 마구 달리기 시작했다. 불과 일주일 만에 악화되었고 다음 일주일은 더 악화되었다. 나는 기력이 빠지고 잠을 자지 못했다. 암막커튼으로 방을 캄캄하게 만들어도 잠은 멀리 달아났다. 아침에 차량들이 부산대는 소리를 들을 때까지 하얗게 밤을 새웠다. 입이 마르고 목이 아팠으며 극심한 두통에 피부가 축 늘어져 바닥에 질질 끌리는 것 같았다.

시력을 잃고 한동안 흰지팡이 사용을 거부했다. 나이 서른여덟에 흰지팡이를 두드리며 걷다니. 나는 보이지 않는 사람의 동정하는 눈초리가 내게 화살로 꽂히는 느낌을 견딜 수 없었다. 나는 호기심도 함께 실린 거슬리는 시선에서 벗어나고 싶었다. 그러나 어디에 있든 상상의 시선은 나를 따라왔다. 나를 가르친 보행지도사는 그런 내게 늘 같은 말을 되풀이했다. 사람들은 타인에 그다지 관심이 없어요. 모두가 나를 주목한다는 건 만들어진 환상이고 열등감의 표시죠. 나는 내 길을 그냥 걸어갈 뿐이에요.

서연은 느긋하게 느리면서도 안정된 걸음을 옮긴다. 그녀 몸이 만들어낸 리듬은 배낭에 얹은 손을 따라서 내 발걸음으로 이어졌다. 걸음에도 궁합이 있다면 그녀와 나는 정말 잘 맞는 사이다. 한 번은 다른 팀과 같이 둘레길을 걸었다. 남자는 자신을 인도하는 여성 자원봉사자에게 짜증을 여러 번 냈다. 급하게 걸음을 바꾸면 혼란스러워요. 튀어나온 돌이 있으면 말로 알려줘야죠. 당황한 봉사자는 보행 인도 경험이 많지 않아서 죄송하다고 말했다. 나는 넘어지지도 않았는데 까다롭게 뭘…… 하면서 속으로 동료를 나무랐다. 나와 서연은 둘이서 눈을 뜨고 같이 걸었다고 해도 믿을 정도로 움직임이 좋았다. 서연은 바위가 나타나면 세 걸음 앞쯤에서 바위라고 작게 말을 던졌다. 내 몸은 그녀 말에 맞춰 준비하고 있다가 지팡이가 바위를 건드리면 발을 적절하게 올렸다. 길을 걷는 우리 둘은 과장해서 말하면 나란히 가는 육체이자 정신으로 변신했다.

둘레길에 비해 산길은 난이도가 높았다. 아직은 어려움 없이 길의 맥을 따르고 있다. 나는 서연에게 물었다. 왼쪽에 있는 큰 묘지를 지났나요? 지금 왼편에 보여요. 이상스레 비례가 맞지 않는 무덤이었다. 커다란 봉분은 유달리 큰 둘레석을 치장했고 자연석으로 만든 상석이 요란스레 놓였으며 망주석 두 개가 무덤 양쪽에 높게 솟아 있었다. 삼 년 전에 은경과 같이 산을 걷던 날, 묘지 상석 옆에서 점심을 먹었다. 잔디가 잘 가꿔진 무덤 주변은 나무 그늘이 져 있어 몇몇 산행 팀들이 자리를 잡고 밥을 먹고 있었다. 은경은 찬합에 밥과 계란말이와 두부조림과 돼지고기볶음을 담아왔다. 은경과 여러 번 산행을 다녔지만 그녀는 가게에서 파는 김밥을 산 적이 없었다. 내가 점심을 준비하겠다고도 말했지만 은경은 자신이 솜씨를 낸 음식을 고집했다.

은경은 무덤의 적막과는 거리가 먼 사람으로, 삶의 즐거움을 놓치지 않는 스타일이었다. 내가 망막변성으로 급속하게 시력을 잃어가자 그 속도만큼 내 삶에서 벗어났다. 예상한 대로였다. 망막을 넘어서 시신경까지 상하자 그녀는 내 궤도를 완전히 떠나 자유롭게 날아갔다. 그녀는 마지막으로 나를 만났을 때 미안하다고 말하지는 않았다. 어쩔 수 없다거나 내게 오히려 화가 난다는 목소리로 이게 최선이라고도 말을 던지지 않았다. 그저 나를 깊게 안아주었을 뿐이었다. 그러는 편이 내게도 속이 편했다. 이미 은경의 도톰한 입술과 내게 안길 때 파르르 떨던 긴 속눈썹은 내 기억에서 흐릿해졌다. 내가 그녀와 나눈 즐거웠던 몇 년의 삶은 내 눈처럼 완전한 어둠은 아니지만 희미하게 빛을 알아보는 감각 수준으로 변질되었다. 내 눈은 어둠과 희미한 밝음, 조금 더 밝음 세 단계로 빛을 감지하는 정도로 시력을 상실했다. 나는 어렴풋하게라도 물체의 윤곽을 알아볼 수 있기를 바랐으나 내 눈의 능력은 거기까지였다. 은경이 내게 남긴 유산은 엉뚱한 곳에서 찾아왔다. 보험회사에 다니던 은경의 친구가 소개한 상해보험은 보험료가 얼마 되지 않았다. 나는 자동이체로 통장에서 빠져나가는 많지 않은 보험료를 잊어버렸다. 내가 시력을 잃은 장애인이 되면서 그 보험이 시각장애자에게 많은 보상을 해준다는 사실을 알게 되었다.

서연의 걸음 보폭은 일정하고 조금도 흔들림이 없었다. 내게 맞춤한 자원봉사자였다. 아니다. 다른 시각 장애인에게도 똑같이 편안하게 다가갈 여자다. 말은 그다지 없지만 묻는 말에는 성의껏 정확하게 응대한다. 손님을 편안케 하는 모범택시 운전사를 닮았다. 어서 오십시오. 어디로 모실까요. 그리고 침묵. 손님이 물으면 친절하고 간결하게 대답한다. 자신 삶의 내력이나 상처를 오늘 우연히 마주친, 잠깐의 관계를 맺었다가 지나칠 손님에게 마구 풀지 않는다.

고갯길 아래의 쉼터 벤치에 도착했다. 여기서 왼쪽은 남문으로 가고 똑바로 오르면 고개 전망대다. 내 기억에는 여기에 벤치가 세 개 있었다. 두 개는 조금 위쪽에 나란히 붙었고 하나는 아래쪽이었다. 내가 지금 앉은 곳이 아래쪽 벤치인가 모르겠다. 그 자리에서 은경이 갈림길 표지판 앞에서 파는 노점 하드를 사 먹은 적이 있었다. 내가 말했다.

여름 되면 여기 하드 파는 사람이 있었죠.

아이스바 말이군요.

네. 뭐로 부르든 그거죠. 여기선 팥이 듬뿍 든 석빙고 브랜드를 많이 팔았죠.

오늘도 파는데요.

정말요. 지금은 봄인데요.

겨울에도 아이스크림을 먹잖아요.

나는 당혹스러웠다. 어째서 하드 파는 사람은 사라는

말을 하지 않고 그냥 서 있는 걸까. 흰지팡이를 짚고 여자 배낭에 손을 올린 사람을 관찰하고 있었던 걸까.

서연이 하드를 두 개 사서 왔다. 돈을 꺼내주고 받는 소리도 들렸다. 나는 은경과 하드를 먹었던 추억에서 빠져나왔다. 은경과 지낸 기억은 그녀와 어울렸던 곳에 가면 한 번은 떠올라서 현재의 내 씁쓸한 신세를 깨우쳐 주곤 했다. 나는 매서운 추억은 접어서 창고로 몽땅 옮겼다고 믿었지만 놈은 끈질기게 되살아나서 고개를 빳빳하게 치켜들었다.

서연이 내 귀 가까이에 소곤댔다.

비싸네요.

나도 목소리를 낮춰 말했다.

그래도 몇 년 전과 가격이 같아요.

그때 은경이 하드를 사면서 물었다. 하드 박스를 여기까지 어떻게 가져와요? 젊은이가 심드렁하게 대답했다. 등에 짊어지고 산을 올라와야죠. 드라이 아이스도 함께요. 달리 뾰족한 방법이 없어요.

한가로이 하드를 먹으며 새소리를 들었다. 봄을 맞아 새소리도 유쾌했다. 봄의 새소리는 비교할 기준이 없는 삶의 소리 자체였다. 고음으로 급하게 우짖다 조용히 멈추고 그러면 다른 새가 화답을 하려는 것처럼 어우러지며 노래했다. 봄에 우는 새는 어떤 종류가 있지? 박새와 직박구리 울음소리는 많이 들었던가. 눈이 먼다고 일상에서 쓰는 청각이 갑자기 발달하거나 새소리가 더 잘 들리는 건 아니었다. 내가 경험한 바로는 청각도 흰지팡이로 바닥을 짚으며 걷는 길처럼 많은 경험을 쌓아야 훈련되는 성질의 감각이었다. 내가 세상 속으로 위험을 무릅쓰고 나아가야만 청각은 길을 조금씩 터주었다. 그래야 들리는 정보를 꼼꼼하게 모아서 어떤 상황인지 퍼즐을 맞출 수 있었다. 나는 넉넉하게 마음을 열고 휘익 휘익 하는 봄의 새소리에 귀를 기울였다. 갑자기 새소리가 뚝 그쳤다.

봄은 발의 감각에서 먼저 느껴질까? 손과 얼굴을 툭툭 치고 지나가는 바람에서 앞서 오는 것일까? 나는 봄맞이 산길에서 가만히 물어보곤 했다. 봄비를 맞아야 실감나는지도 모르겠다. 눈이 보이던 시절에 봄은 내게 어떻게 다가왔던가. 여자들의 가볍고 다채로운 빛으로 물든 옷에서 먼저 봄을 본 것 같다. 봄은 노란 개나리와 붉은 진달래를 통해 내 주위로 번졌는지도 모른다. 솔직히 말하면 거의 기억이 없다. 눈이 잘 보이면 계절도 시각의 영역에서만 작동하는지도 모른다. 어쩌면 봄이란 교과서의 그림과 티브이 화면에서 쏜 이미지로 만들어져 나와

거리가 멀었는지도 모르겠다. 그러니까 눈으로 봄을 보던 때에 나는 봄에 몸을 제대로 담지 못했던 것이다.

바위가 많고 경사가 급한 길이 앞에 놓여 있다. 봄이지만 숨이 차고 이마에 땀이 맺힐 길이다. 오르막길 막바지에 나타나는 나무로 된 긴 계단을 오르면 전망대다. 바람이 지나가는 길목이기도 해서 겨울에는 씽씽 칼바람이 점퍼 안으로 파고든다. 예전에 여러 번 다녔던 길이지만 코스 이미지가 선명하게 떠오르지는 않는다. 숨이 턱에 찼다는 느낌만 남아 있다. 은경은 숨이 가쁘지도 않은지 이런 길을 잘도 올라만 갔다. 은경은 뒤처진 내가 헉헉대는 모습을 내려다보고는 전망대 난간에 손을 올리고 바람에 몸을 맡기고 서 있었다.

이상한 일이다. 오늘은 숨차지 않다. 경사도 예전에 비해 낮아진 것 같다. 서연이 천천히 호흡을 조절하며 오르는 덕분일까. 아니면 내가 왼손을 통해 전해지는 리듬과 오른손에 세워서 쥔 지팡이의 감각에 집중한 때문일까. 길 중간쯤에서 서연이 말했다. 잠깐 쉴까요? 괜찮아요. 그대로 갑시다. 서연이 호흡을 조절하면서 깊게 들이마시고 내쉬는 소리가 들렸다. 앞에서 부는 바람을 타고 그녀의 숨은 나를 거쳐서 뒤로 달려갔다.

전망대에 올랐다. 내겐 전망대라고 할 게 없다. 어느 쪽을 보아도 조금 짙거나 옅은 빛만 시야를 채울 뿐이다. 나는 배낭에 손을 올린 채로 난간까지 가서 멈춘다. 배낭에서 손을 내리고 나무 난간을 잡아본다. 난간은 은경과 올라왔을 때와 달라진 게 없어 보였다. 아니, 달라진 게 없는 것처럼 만져졌다. 나는 방향을 잡고 이쪽은 만덕의 빽빽한 아파트와 멀리 낙동강이 보이는 곳이며, 몸을 틀면 동래 방향이 보인다고 그림을 그려보았다. 몸을 조금만 돌리자 상상 속의 풍경이 뒤죽박죽 엉킨다. 서연에게 보이는 곳을 말해달라고 부탁했다. 오른쪽으로는 휘어서 흐르는 낙동강과 김해로 건너가는 다리가 있어요. 오늘은 대기가 맑아서 강 멀리까지도 눈에 들어오네요. 왼쪽으로는요. 방향이 조금 맞지 않네요. 저쪽 나무 밑 벤치로 갈래요. 나는 서연을 따라 걸음을 옮긴다. 바로 앞에 긴 나무의자 두 개가 있어요. 앉을래요? 아뇨. 서서 볼게요. 황령산과 해운대의 고층빌딩이 보이네요. 광안대교도 보이고요. 오른쪽 끝으로 멀리 보이는 산 같은 게 뭐죠. 내가 말했다. 영도일 거예요. 와, 여기서 영도가 보이나요? 여기 전망이 대단해요. 바로 밑으로는 백화점이 중심에 있어요. 지하철 육교와 연결된 백화점은 가본 적이 있어 알겠네요. 저 낮은 쪽 오른편에 저게 뭐죠? 흰색 돌으로 덮인 거 말이에요. 내가 말했다. 아, 그거는 아시아드 경기장이에요. 돔이 일종의 값비싼 천막인데 태풍이 치면 돔이 자주 파손되곤 했어요. 그렇군요. 여기서 보니까 돔이 단단해 보이는데 속사정은 다르네요.

서연은 내 손을 잡고 백화점과 아시아드 경기장과 광안대교 방향을 가리켰다. 눈이 멀기 전과 똑같이 건물과 다리는 장중하게 제자리를 지키고 있었다. 나는 기억창고에서 옛 전망을 꺼내서 희뿌연 빛만 감도는 내 눈앞에 배치해 본다. 나는 속으로 말한다. 아주 어렸을 때 장님이 된 것보다는 낫군. 기억창고 속의 모습들은 희미하고 구멍이 뻥뻥 뚫린 도화지와 비슷했다. 내 두뇌는 내가 눈이 멀어 전망대에서 보았던 옛 모습을 끄집어내고자 안간힘을 쓰는 상황을 전혀 준비해두지 않았다. 그저 언제든지 바라보면 전망은 한눈에 들어왔고 스마트폰의 사진으로 저장해둘 수 있었으며 그래서 잊혀도 좋을 풍경으로 두뇌 속 창고 한구석에 처박아두었을 것이다.

내가 물었다.

봄이 오는 모습이 보이나요?

아, 봄! 지금은 봄이죠. 서연은 새삼스레 봄을 말하고는 봄이 온 표지를 찾는지 뜸을 들였다.

연두색 잎이 막 손가락을 펴기 시작하고 있어요. 어떤 나무는 아직 조용하네요.

서연은 간단하고 분명하게 답을 해주었다.

봄은 내 손아귀에 잡히는 나무의 촉감으로, 살갗에 닿는 온화한 바람으로, 코로 들어오는 훈기로 느껴졌다. 그런 건 봄의 거죽일 뿐 속살은 아니다. 봄이 밀고 오는 생명의 힘은 어디에 있을까? 속살은 다채로운 꽃과 붕붕 꽃을 찾는 벌의 날갯짓에 있을까. 내가 보지 못해도 왠지 딱 봄이다, 몸을 감싸는 대기는 봄이라고 확인해주었다. 이상한 일이었다. 나는 눈이 보일 때보다 더 봄에 싸여 걷고 있다. 전망대의 긴 의자에 앉았다. 오른편으로 막걸리를 마시는 등산객 소리가 시끄럽다. 안주는 족발인 것 같고, 요즘 유행하는 트로트 가수 노래도 들린다. 여자도 두 사람쯤 낀 대략 다섯 명의 모임이다. 나무 계단을 막 올라온 사람이 헉헉대며 전망대로 간다. 와, 여기 경치 좀 봐. 젊은 여자 목소리가 공기를 팽팽하고 밝게 띄운다. 삼 년 전쯤의 은경을 닮은 목소리다. 그때는 은경이 저 아래 보이는 건물이 뭐냐고 내게 물었지. 막걸리를 마시는 팀에서 누군가 와서 서연에게 잔을 권했다. 고맙지만 사양하겠습니다. 나는 조용히 앞을 바라보고 앉아 있다. 잔을 권하는 남자의 흘깃 바라보는 시선이 내 뺨을 스치고 지나간다.

갑시다.

네. 가요.

평탄한 길이 이어지다 잔돌이 많은 오르막이 이어졌다. 지팡이 끝에 탁탁 돌이 부딪히는 소리가 울리다가 그쳤다. 서연은 조용히 걷는다. 갑자기 우리가 먼 행성의 낯선 길을 걷는 우주인이라도 된 기분이다. 바람 소리가 휙 지나가는 이 행성에는 우리 둘뿐이다. 마주 오는 사람도 없다. 이런, 조심하세요. 서연이 멈춰섰다. 나뭇가지가 길로 뻗어 있어요. 잘못하면 찔리겠어요. 나는 지팡이를 들어 허공을 휘저어본다. 탁탁 소리가 나는 곳으로 손을 뻗어 가지를 잡았다. 가지 끝에 산악회가 매놓은 산행 리본이 달려 있었다. 가지를 잘라야겠는데요. 혹시 쇠톱 없어요? 쇠톱요? 그런 걸 갖고 다니는 사람도 있어요? 손바닥 길이 정도의 작은 쇠톱이면 되는데……. 쇠톱을 배낭에 넣어두고 다닌 적이 있었다. 작고 가벼워서 든 줄도 잊어먹고 있다가 이렇게 튀어나온 가지를 만나면 냉큼 잘라버렸다. 그때의 나는 세상의 모든 난관을 이렇게 해결할 수 있다고 생각했다. 한마디로 세상이 만만했던 것이다. 안과 의사가 내 눈을 들여다보고 상태가 생각보다 심각하다고 말하기 전까지는 세상은 물렁했고 내 뜻대로 주물러 모양 지을 자신이 넘쳤다.

나지막한 경사를 올라가는 길이 이어졌다. 땅으로 뻗

은 나무뿌리가 툭툭 지팡이에 걸렸다. 내가 말했다. 오른편 나무와 돌무덤 사이로 좁은 길이 나 있는 곳이 보이면 들어가요. 좋은 쉼터가 있어요. 나는 서연이 쉼터를 지나칠까 봐 조바심이 났다. 돌무덤 근처에 있다는 말이지요. 돌무덤이 탑 모양이에요? 사람 가슴 높이로 원형으로 쌓아놓았어요. 풀이 덮으면 잘 보이지 않을 수도 있어요.

서연이 말했다. 여기… 같아요.

들어가봅시다.

서연이 먼저 길을 들어갔다.

여기도… 무덤이 있네요.

내가 말했다.

옛날 분이 보기에 조상 모시기가 좋았던가 봐요. 앞이 탁 트이고 볕이 좋은 곳이죠.

여기 맞은편에 선 낮은 산이 떠올랐다. 윤산이었던가? 왼쪽으로는 멀리 양산의 산들이 첩첩이 느린 곡선을 그으며 윤곽을 쌓았다. 그건 그때 은경과 같이 앉아서 본 풍경이었던가? 내가 상상에서 만든 행복한 시절의 그림자인가?

서연이 주위를 둘러보는 움직임이 느껴졌다. 잠시만 기다려요. 자리를 깔게요.

나는 자리에 앉아서 서연이 건네주는 물병을 손에 들

었다.

내가 말했다. 무덤이 잘 가꿔져 있지요? 서연은 잠시 말이 없었다. 무덤도 아마 큰 변화를 겪은 모양이었다.

여기 무덤은 쓸쓸히 녹슬어가는 것 같은데요. 무덤 중앙에 작은 나무 두 그루가 자라고 있어요. 진달래와 꽃들도 제법 무덤에 박혀 있는 것 같아요. 촉촉이 젖은 목소리의 서연 말대로라면 은경과 같이 온 이후로 폐무덤이 되어가는 셈이었다. 무덤은 나무와 진달래꽃과 같이 봄으로 달려가고 있었다. 경치는 좋아요. 무덤 앞쪽으로 나무를 싹 다 베어버려서 그런지 훤해요. 서연은 점심을 꺼냈다. 김밥뿐이지만 봄 날씨가 워낙 좋으니까요. 화창한 봄을 만끽하는 서연에게 해당되는 말이었지만 왠지 내게도 그럴듯하게 들렸다. 나는 배낭에서 두부조림과 계란말이가 든 반찬통을 꺼냈다. 서연은 놀라서 말했다. 직접 만들었어요? 네. 누나가 지켜볼 때 만들었지요. 누나는 사흘에 한 번 집에 와서 이것저것을 도와주었다. 서연이 물었다. 가스레인지를 사용해서요? 그럼요. 계란을 깨서 그릇에 담고 프라이팬에 기름을 두르고 가스불을 켜서 올리죠. 불 냄새를 잘 느끼세요? 가스레인지 불이 약할 때와 강할 때 나는 냄새가 달라요.

내가 사는 아파트는 내게 점점 친숙하고 질서가 잡힌

곳으로 변해가고 있었다. 나는 냉장고를 척척 열고 크기와 모양을 달리해서 넣어둔 반찬통을 꺼냈다. 눈이 보이지 않자 소파와 책장과 식탁은 자기만의 방식으로 내게 다가왔다. 그들 묵직한 가구들은 거리를 두고 앉아서 집안의 질서를 잡았다. 서연과 바깥나들이를 나선 이후에 나는 집도 확실하게 파악했다. 방문이 있는 벽을 기준으로 팔을 45도로 내리고 손가락을 구부려서 남쪽부터 벽을 탐색하고 동과 북, 서쪽 벽을 익혔다. 그리고 방 내부를 격자 모양으로 나눠 하나씩 하나씩 살폈다. 내 머릿속에서 소파와 식탁은 제각기 있어야 할 곳에서 자리를 지켰고 서로 간에 적절한 간격을 둔 그들 물건들은 내게 일종의 방 지도를 제공해주었다.

서연이 말했다. 처음 만났을 때는 걱정이 많이 되었어요.

서연은 팔 개월 전부터 이 주일에 반나절씩 왔다. 서연은 바깥세상에 나를 데리고 나가는 자원봉사를 하고 싶어 했지만 나는 바깥이라면 기겁을 했다. 서연이 자원봉사를 온 첫날 나는 누구인지를 모르고 문을 열어주었고 그녀가 자원봉사자임을 안 순간부터 침묵을 지키고 짙은 커튼을 친 방에서 시간을 보냈다. 두 번째와 세 번째 온 날은 아파트 현관문을 아예 열어주지 않았다. 그녀는 작은 목소리로 문 앞에서 기다릴게요라고 말했다. 나는 두 시간쯤 지나서 문을 열어보고 계속 문 앞에 앉아 있는 서연을 발견하고 깜짝 놀랐다. 내가 서연만을 푸대접한 건 아니었다. 사회복지관에서 파견하는 활동보조인은 하루 세 시간을 나와 같이 지내야만 보수를 받았다. 나는 활동보조인과 아무런 이야기도 나누지 않았고 단지 나를 암흑 속에 그대로 놓아달라고 요구했다. 나는 활동보조인과 밖으로 나가지도 않았고 점자를 익히거나 방송을 듣지도 않았다. 장애인용 밴을 타고 시각 장애인 훈련이나 점자 도서관에 가는 활동도 거부했다.

나는 완강하게 나 자신이 만든 울타리 안에 머물렀다. 나를 휘감은 어둠, 내 주위에서 소용돌이치는 어둠, 나는 어둠과 친숙해지고 어둠이 내게 속속들이 스며들도록 몸을 맡겼다. 나는 먼지로 만들어진 존재였다. 나는 재로 만들어진 실재였다. 나는 빨리 바스러지기를 기다리고 있었다. 그런 내가 머무른 요새의 성문을 누구에게도 열고 싶지 않았다. 보조인은 어쩔 수 없이 하지 않아도 될 청소를 하거나 반찬과 국을 만들어주고 떠나곤 했다. 활동보조인은 나와 함께 시간을 보내야만 보수를 받으니까 그렇다 치고 자원봉사자까지 내 삶에 끼어들게 하고 싶지는 않았다.

나는 로스쿨을 졸업했고 변호사자격시험도 합격했다. 세상은 순조롭게 길을 내줬고 봄을 비롯한 계절은 나를 반갑게 맞았으며 연애도 꺼릴 것이 없었다. 그렇게 길을 열어주던 세상은 별안간 내 뒤통수를 후려쳤다. 법무법인에서 수습 기간을 마치고 하늘을 향해 막 비상하려고 하던 순간에 폭발로 산산이 조각나 지상으로 추락한 것이다. 땅은 나를 반기면서 만신창이인 내게 친하게 지내자며 흰지팡이를 선물했다.

산의 쉼터에서 봄바람을 곁들여 점심을 먹는 건 추락한 삶치곤 나쁘지 않았다. 서연이 커피를 꺼내서 내게 건넸다. 보온병에 담은 커피는 아직 뜨거웠다. 나는 서연에게 말했다.

제가 뭐, 궁금한 거 물어도 돼요?

네. 알고 싶은 게 있어요?

그럼요. 많아요. 먼저 서연이라는 이름은 본명이에요?

왜요. 이름 예쁘지 않아요?

예쁘죠. 나보다 나이가 몇 살 더 많잖아요. 다섯 살쯤인가요. 그 나이대의 이름치고는 너무, 음, 젊다고 해야 하나요, 이름 짓는 트렌드하고 안 맞는 것 같아서요.

서연은 한참을 아무 말이 없었다.

그냥 물어본 거예요. 불쾌했다면 죄송해요.

서연이 말했다. 우리 나이대 이름치곤 조금 드물긴 하죠.

제 본명은 아니에요. 아이에게 미안해서 한동안 제 본명을 쓰지 않았어요. 그러다 보니 계속 서연이란 이름을 쓰게 된 거예요. 이런 무덤에 오면 늘 떠나보낸 아이에게 죄스러워요. 아이는 사고로 죽었어요. 남편은 술에 취해 있어 아이를 돌보지 못했죠. 아이가 죽은 후에 남편과 헤어졌어요. 남편을 도저히 용서할 수 없었어요.

괜스레 미안해진 내가 말했다. 우리 뒤의 무덤에 묻힌 사람도 살면서 괴로운 일이 많았겠죠. 그럴 것 같아요. 지금은 평안하겠지요. 지나보면 어쨌든 삶은 이어진다고 도통한 웃음을 짓고 있겠죠. 그렇게 달관하려면 봄이 여러 번 더 지나야 되지 않을까요. 저승에 있는 무덤 주인이? 아니면 우리가? 저쪽과 이쪽 다이겠죠.

까마귀가 울었다. 우리가 뭔가 음식을 남길까 기다리는 까마귀 같았다. 까마귀는 예전에도 산에 많았다. 산 어디에서도 우는 까마귀 울음소리는 봄과 어울리지 않았다. 탁하고 둔중한 까마귀 울음소리는 겨울과 여름과 가을 모두에 어울리지 않았다. 차로 지방도를 가면서 치어 죽은 개를 보았다. 누군가 개를 길옆에 옮겼는데 까마귀 두 마리가 개를 뜯어 먹고 있었다. 차 속도를 줄이자 까마귀는 고개를 들어 날카로운 경계의 눈초리를 보냈다. 차를 멈추자 부리를 개의 몸속에서 꺼낸 까마귀가 나를 쳐다보았다. 내가 마주 보자 까마귀는 날개를 퍼덕거리며 경계하는 울음소리를 높였다. 여기 무덤의 까마귀는 살아 있는 우리를 공손하게 대하며 음식을 간청하고 있었다. 나는 적당히 식은 커피를 마셨다. 커피가 남아 있나요? 네. 마저 드릴게요.

서연에게 말했다.

아이가 살아 있으면 뭘 할까 하는 상상을 하진 않나요? 아뇨. 그러면 죽음을 더 절감하고 마음이 황폐해질 것 같아서요.

나는 말이죠. 눈을 뜨는 상상에 자주 빠지곤 해요. 눈이 보이면 폭포처럼 쏟아지는 색깔을 감당할 수 있을까 하는 생각도 많이 했어요. 빨강과 노랑과 파랑은 어떻게 보일까 궁금하기도 하죠. 예전에 사물을 볼 수 있었을 때 담았던 색깔과 달라지지는 않았을까. 색깔의 휘황한 공격에 길을 제대로 걸을 수나 있을까. 나처럼 성인이 된 후에 실명한 사람은 눈을 뜨면 금방 적응하지 않을까 상상의 날개를 자주 폈지요. 그런 상상에 젖어서 나만의 방에 스스로를 가두고 지냈지요. 상상은 끝없이 뻗었고, 메아리에 메아리로 울렸으며 나는 한국 최고의 변호사로 대성공을 거두는 미니 시리즈를 매일 찍어나갔지요.

나는 상상으로 도피했다. 그건 달콤하지만 내가 거주하지 못할 비눗방울 거품이었다. 나는 법정에서 증인을 몰아쳐서 항복을 받는 노련한 신문기법을 펼치는 대신에 웬 여자의 배낭에 손을 대고 산을 걷는 신세가 된 것이다. 상상은 달콤했고 현실은 냉정했다. 나는 두 공간에 동시에 살 수 없었다. 상상과 현실 어느 한쪽으로 발을 고정해야만 했다.

서연이 말했다. 내가 처음 자원봉사를 갔던 때가 진우씨가 상상으로 도피해서 지냈을 때군요. 그래요. 난 가시울타리 밖으로 아예 나오지를 않았죠.

저도 그랬어요. 아이를 잃고 나서 집 안에만 박혀 있었어요. 사흘에 한 끼만 먹기도 했고요. 모두가 귀찮았고 사람이 다 미웠어요. 나는 이렇게 슬픈데 거리의 행복해 보이는 사람들이라니. 술에 취해서 운전하다니, 그것도 아이까지 태우고 말이죠. 그렇게 한 남편을 용서할 수가 없었어요. 내가 조금만 더 일찍 갔더라면, 내가 그날 휴가를 내고 운전을 했더라면, 온갖 상상과 후회가 마음에 뿌리를 내려 번창하고 있었어요. 나는 내가 친 성벽 안에서 말라 죽든지 아니면 문을 열고 밖으로 나와야만 했어요. 힘을 겨우 내서 밖으로 나오니까 왜 그렇게 도전을 못 하고 붙잡혀 있었던가 후회가 들었어요. 누가 내 손을 잡아주었다면 더 빨리 쉽게 나왔겠지요.

나는 서연이 내 집 문 앞에서 오래 기다렸던 순간을 떠올렸다. 그녀는 아무런 타박 없이 문 앞에서 기다리고 기다리다 그냥 돌아갔다. 나는 문 앞에서 기다리는 사람이 떠올라 뒤숭숭했고 그녀는 그날 밤 꿈에도 나타나 문 앞에서 단정히 기다리고 있었다. 꿈에서 내가 문을 급히 열자 그녀는 화들짝 놀라며 옆으로 비켜섰다.

나는 커피잔을 바닥에 내려놓고 서연에게 몸을 조금 더 옮겼다.

그래서 본명이 뭐에요.

전현주.

훨씬 좋아요. 서연은 뭔가 멋을 부린 느낌이잖아요. 일부러라도 멋을 부려보고 싶었던 모양이지요.

그렇다기보다 그냥 밝은 느낌 이름을 골랐던 것 같아요.

전현주는 살짝 웃었다. 내게 그렇게 느껴졌다. 어둑한 빛을 따라 웃음의 테두리가 전해져 내게로 건너왔다. 봄이라도 아직 어둑하군. 나는 웃음의 자락을 손으로 만질 수 있다면 하고 생각했다.

나는 말했다. 이름은 알았고요. 더 알고 싶은 게 있어요.

그녀의 웃음이 멈칫하고 망설이는 어딘가 생각이 담긴 미소로 바뀐 것 같았다. 나는 그렇게 상상했다. 눈으로 보지 못하는 장면이 마음으로는 나타나는 걸까. 그녀는 이름 다음에 알고 싶은 게 무언지 알아챈 것 같았다. 하지만 정말 알아챘을까. 나는 그녀를 향해 손을 뻗었다. 길을 함께 갈 때처럼 팔꿈치 위가 아닌 손등에 가볍게 손가락을 올렸다. 그녀가 멈칫하며 손을 빼다가 가만히 멈췄다. 나는 그녀 손등을 손가락으로 톡톡 두드렸다. 나는 손을 치웠다가 손가락을 그녀 손등에 살포시 올렸다. 그녀 손은 그 자리에 그대로 있었다. 내가 그녀에게 느낀 감정이 손가락으로 몽땅 옮아가서 손가락이 묵직해졌다. 그녀는 내가 뭘 원하는지 안 것도 같았다. 나는 그대로 기다렸다. 봄이 아주 조용해진 것 같았다. 전현주가 내 손목을 천천히 잡았다. 그녀는 손목에서 자신의 손을 떼고 기다렸다가 다시 손목에 손을 올렸다.

그녀가 내 손목을 잡았다. 안경을 쓰지는 않았어요. 그리고는 내 손을 그녀 얼굴로 느리게 가져갔다. 나는 천천히 그녀 이마를 만지고 아래로 내려왔다. 눈꺼풀이 파르르 떨리고 있었다. 내 착각인가? 내 손의 감각은 아직 섬세하지 못하다. 내 손은 사물의 진실을 단박 파악할 만큼 세상에 익지 않았다. 코를 만지고 뺨을 더듬고 입술로 다가갔다. 입술 위와 아래를 가만히 더듬었다. 꼼짝 않던 그녀가 갸웃 얼굴을 내 쪽으로 미세하게 기울였다. 손끝으로 그녀 입술의 붉음과 물기가 전해졌다. 가벼운 한숨인가, 신음인가 얕은 소리가 입술에서 흘러나왔다. 턱으로 내려간 손이 다시 입술을 더듬었다. 살짝 벌려진 입술 사이로 이가 스쳤다.

입술이 붉네요.

그녀는 가만히 있었다.

그녀 머리칼을 만지고 말했다. 검고 윤기가 흘러요. 흰머리가 몇 가닥 있어요.

거짓말.

그녀가 까르륵 웃었다.

정말이라니까요.

그녀가 웃음을 참으며 말했다.

진짜 맞을지도 모르지만.

그녀가 무덤 쪽으로 몸을 돌리며 말했다.

저기서 쉬는 분도 잠깐 웃었을 것 같아요.

내가 말했다.

몰라요? 우리 시각 장애인들은 촉각으로 본다니까요.

으흠. 어디까지 볼 수 있나요.

손이 많이 느끼는 만큼…….

멀리서 새소리가 들렸다. 높은 소리로 지저귀고 잠시 멈춘 다음에 다시 부드럽게 지저귀었다. 몇 마리 새가 함께 울면서 소란스러웠다. 우리는 일어났다. 그녀가 자리를 털어서 배낭에 넣고 나는 흰지팡이를 손에 쥐었다.

나는 배낭에 왼손을 올리고 지팡이를 짚으며 길을 따라 나갔다. 조금만 더 가면 큰 바위가 길을 양분하는 곳이다. 그 뒤로는 넓고 평탄한 길이 이어지고 오늘의 목적지인 케이블카 종점으로 가는 길과 계속 능선을 타는 길로 나뉜다.

지팡이 끝이 둔탁하게 바위가 이어지는 지대에 들어섰음을 알려줬다. 큰 바위들이 이어지고 바위가 닳아서 미끄러운 곳도 있다. 나는 왜 이런 걸 잘 떠올리는 것일까? 무심코 지나갔던, 근육 깊숙이 묻어 있던 기억이 떠오른다. 온몸의 감각을 깨워서 균형을 잡도록 노력한다. 전현주도 조심스럽게 발을 움직인다.

앗. 그녀가 넘어졌다. 미끄러운 돌이나 모래가 깔린 경사를 밟은 모양이다. 나는 지팡이에 무게 중심을 옮기면서 재빨리 몸의 균형을 잡았다. 괜찮아요. 다치지 않았어요? 그녀가 몸을 일으켜 일어난다. 내가 말했다. 먼저 올라가세요. 혼자 올라올 수 있어요? 네. 먼저 올라가요. 나는 혼자서 몸을 약간 기울이고 지팡이로 바위의 왼쪽과 오른쪽을 두드리며 호를 그리며 올랐다. 바윗길이 끝난 곳에 그녀가 앉아 있다. 손등과 팔목 피부가 까져서 피가 난 모양이다. 그녀가 배낭에서 포비딘을 꺼내 바르고 상처 치료 연고도 발랐다. 진우 씨에게 필요할까 가져왔는데 내가 쓰게 되네요.

이제 길은 넓어지고 평탄하다. 등산객은 케이블카를 이용하면 경사가 급한 하산길을 피해 수월하게 아래로 내려갈 수 있다. 여기서 아래로 내려가는 케이블카는 '삭도'라는 고색창연한 이름을 달고 있다. 운행한 지 50년을 훌쩍 넘은 케이블카다. 온천장 일대가 유흥과 상업으로 번성하던 시절에 만들어져서 온천장의 상가가 몰락한 지금까지 계속 명맥을 이어오고 있었다. 오래전에는 이 길을 따라 파전을 파는 노점이 많아 케이블카로 올라온 손님과 등산객들로 시끌벅적했는데 지금은 정비를 해서 사라졌다. 케이블카의 창을 통해 멀리 해운대와 광안대교가 보인다. 지상 도착지로 가까워질수록 케이블카 아래의 나무와 바위는 커지고 먼 풍경은 사라지며 시야는 좁아진다. 하행선을 타고 가면 상행선 케이블카 줄에 까마귀가 앉아서 덩치 큰 케이블카를 유심히 바라보기도 한다. 나는 전현주의 배낭에서 손을 떼고 팔꿈치 위를 살짝 잡는다. 계속 흙길이죠? 그렇네요. 케이블카 종점으로 가는 길은 시멘트로 포장되어 있을 겁니다. 전현주의 발에 리듬을 맞춰서 걷지만 그녀의 속도와 보폭은 여전히 편안하다. 속도를 더 내지도 않고 느리지도 않다.

그녀가 멈추더니 자신의 손으로 내 팔목을 붙잡는다. 앞에 길은 넓고 아무런 장애물이 없어요. 이런 방식도 괜찮겠죠. 이러다가 내가 넘어지면요. 그러면 피장파장이죠.

그녀는 내 팔을 가볍게 붙잡고 가는 방향만을 암시한다. 나는 몸이 기억하는 그녀의 걷는 리듬과 속도에 따라서 발걸음을 옮긴다. 나는 천천히 손을 내려 그녀의 손을 가볍게 쥔다. 그대로 걸음을 옮기자 그녀가 가볍게 웃음을 터뜨린다. 뒤에서 보면 다정해 보이겠는데요. 다정하면 더 잘 걷게 되는 것 아닌가요? 그녀가 잡은 손에 가볍게 힘을 올리고 나도 덩달아 따라 해본다.

케이블카 매표소에서 등산객이 표를 사는 소리가 들렸다. 봄의 길이 거의 끝나가고 있었다.

휴먼 장르

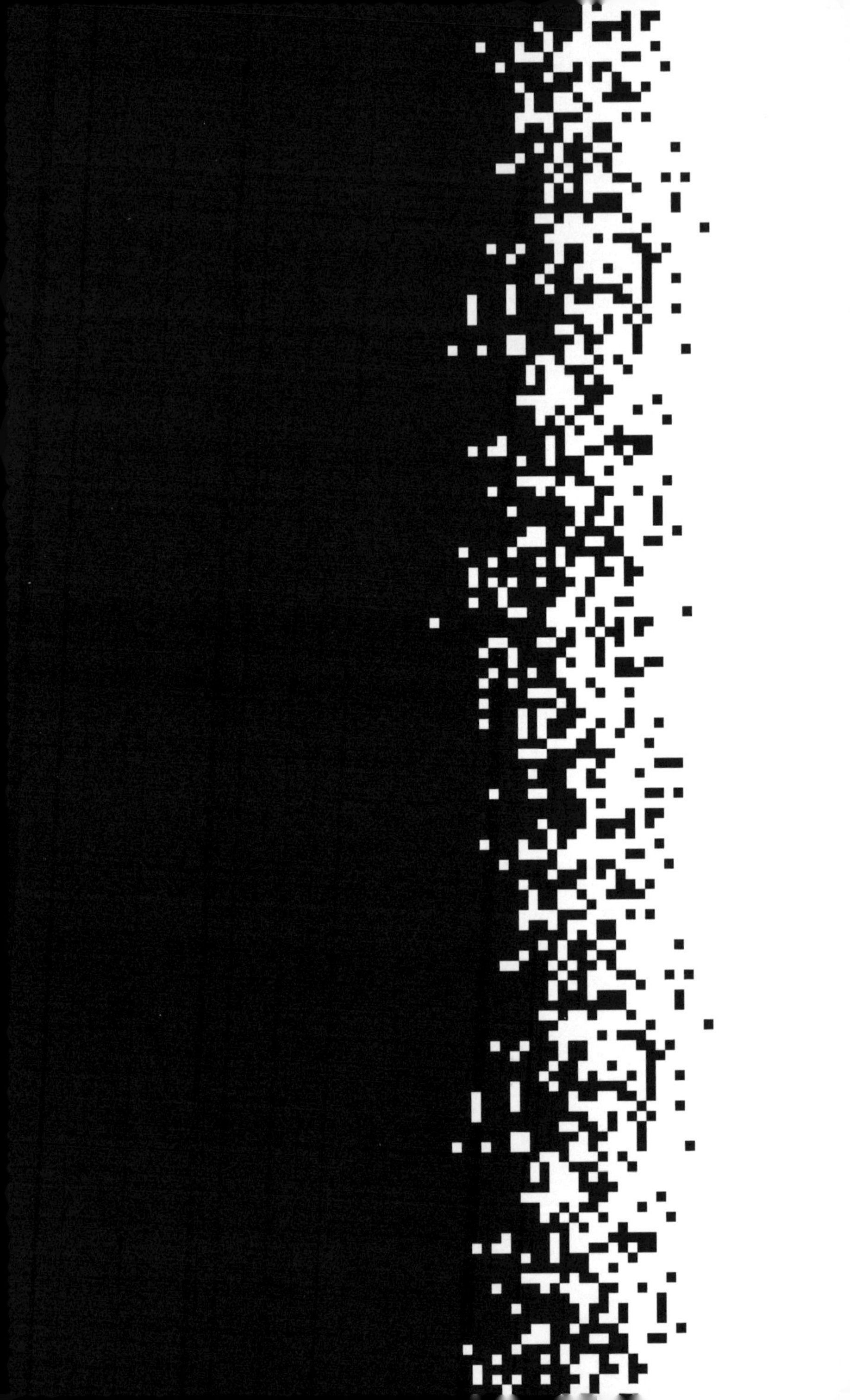

오늘 집행인이 온다. 그런다고 내 삶에 큰 변화가 생기는 건 아니다. 어쩌면 큰 차이가 있을지도 모르겠다. 어쨌든 좋다. 창가에 서서 하루를 힘차게 시작하는 도시를 내려다본다. 밝게 퍼지는 햇살이 거리를 물들이고 있다. 평소와 달라진 건 없다.

유리창에 낯선 곤충이 달라붙어 있다. 초록색 날개가 햇빛을 받아 반짝 빛난다. 딱정벌레 비슷한 놈으로 처음 보는 것 같다. 창에서 날아올라 허공에서 맴도는 곤충을 당황해서 살핀다. 처음 보다니. 내 머리에 저장된 정보를 넘어선 그런 게 있을 수 있는가. 지각이나 기억 기능에 문제가 생긴 것일까. 시각이 오작동할 만큼 오늘이 내게 심적인 부담으로 다가온다는 뜻인가.

예빈이 며칠 전 건강이 괜찮은지 물었다. 인간이 직면하는 건강 문제는 내게 해당되지 않는 용어지만 괜찮다고 말했다. 그러자 예빈은 걱정이 있느냐고 물었다. 인간들이 겪는 걱정도 내게 적용되지 않는 용어다. 대답하기 당혹스러운 질문이었다. 예빈이 내게서 평소와 다른 무엇을 감지했다는 데에 놀랐다. 내가 문학을 지도하는 방법과 자세와 어조에서 평소와 다른 무엇이 나타났다면 인간과 섞여 살면서 나도 모르는 사이에 인간화가 조금은 됐는지 모르겠다.

예빈이 나를 걱정해서 묻는 말이라서 기분이 나쁘지만은 않다. 예빈이 인간의 관점에서 내게 새해 복 많이 받으세요, 또는 만수무강하세요와 같은 인사를 하면 나는 낯섬과 기이함을 느끼곤 했다. 그래도 예빈이 개인적인 건강이나 걱정을 물었을 때 느낀 당혹감과는 같지 않았다.

제자인 예빈은 여러모로 내게 관심이 많다. 내가 쓴 작품을 높이 평가하지만 아쉽게도 예빈은 내가 쓴 작품을 읽을 수 없다. 읽을 수 없기에 더 읽고 싶은 갈증이 커지는 건 아닐까.

하스키 이미지로 쓰인 내 작품은 빛의 속도로 감응해서 내용을 한 페이지 단위로 읽는 방식이다. 사진 이미지로 전환된 글자 뭉치를 두뇌가 한 장씩 판독한다는 표현이 적절할지도 모르겠다. 이런 방식으로 내 책을 읽는 인공지능(AI)은 약 30년 전부터 제작되었다고 한다. 책 한 권을 라디오파로 바꿔서 단번에 해득하거나 아예 책의 파장과 두뇌 파장을 동조시켜 단숨에 작품 전체를 파악하는 방식도 가능하다. 이런 기능도 몇몇 AI 독자에게 장착되어 있으나 그들은 이 기능이 지나치게 기계적이고 단선적이라서 썩 좋아하지 않는다.

내가 쓴 『팡데아 은하의 전설』은 인간들이 쓰는 단위인 권으로 계산해서 999권이 한 책으로 묶여 있다. 그렇게 해서 999책이니 999권을 999번 곱한 양이다. 팡데아 은하가 탄생한 지점에서 시작해서 5곳의 행성 유력 가문이 성장해 서로 경쟁하고 패권을 쥐었다가 몰락하는 이야기다. 수십 개의 행성이 파괴되고 황무지로 바뀌며 지구 크기의 감옥 행성도 존재한다. 감옥 행성은 탈출하기도 어렵지만 온갖 술수를 써서 기껏 탈출해도 벗어날 길 없는 텅 빈 암흑의 우주가 탈출범을 맞아준다.

『팡데아 은하의 전설』과 비슷한 두께를 자랑하는 『플라메이아 은하의 희망』과 『캄부노의 도시』도 행성들에서 권력을 놓고 다투는 인물과 반란, 사랑과 증오, 분노와 화해를 다룬 대작들이다. 이 작품들은 헤아릴 수 없을 만큼 많은 독자의 찬탄을 받았다. 공원에 가면 벤치에 앉아서 따스한 햇볕을 쬐며 내 작품을 음미하는 분들을 볼 수 있을 것이다. 이 독자들은 AI를 장착한 로봇이다. 겉모습은 사람과 같지만 나노 튜브가 장착된 두뇌의 실질이 다르다.

인간은 지금도 상당수가 종이로 만든 책을 좋아한다. 두꺼운 표지와 종이가 풍기는 냄새, 손으로 넘기는 책장의 감촉을 좋아하는 사람이 많다는 말이다. 이상한 일이다. 주위에 집안일을 하거나 간병, 운전과 조리를 하는 AI 로봇과 전자책이 넘쳐나는데도 옛날 옛적의 종이 촉감을 좋아한다니 말이다. 종이는 나무로 만들고 인간은 단단한 바위와 날카로운 금속보다 나무의 촉감과 냄새를 선호한다. 뭐 그것도 취향의 문제로 넘기자. 인간의 눈과 두뇌는 너무나 느려 내 책 『팡데아 은하의 전설』 하나만 죽을 때까지 읽어도 끝을 보지 못할 것이다. 그러니까 예빈에겐 안됐지만 나는 AI 로봇을 위한 베스트셀러 작가인 셈이다.

나는 인간들에게 창작을 지도하기도 한다. 창작 교실 정원은 15명으로, 큰 탁자를 채우는 인원이다. 문학계에서 내 이름을 단 창작 교실 출신이라고 소개하면 보는 눈이 달라진다. 창작 교실은 도시가 훤히 내려다보이는 언덕 끝자락에 있다. 수업은 1층의 통창 앞 탁자에서 한다. 2층은 서재고 3층은 인간의 표현으로 하면 침실이다. 나는 자지는 않지만 침실과 같은 인간중심주의 단어를 거부하지는 않는다. 그런 단어와 이름 하나하나에 시비를 걸자면 끝이 없으며 인간과 로봇 사이에 교류를 끊고 벽을 세울 뿐이다. 서재에는 인간들이 좋아하는 양장본 책이 가득 찬 책장도 있다. 방송사에서 취재 온 프로듀서가 책장을 보고 감탄했다. 촬영 배경으로 책이 가득한 책장이 나오면 시청자들의 신뢰감이 높아진다고 한다. 일종의 시각적 관습이다. 정치인이 연설하는 장면에서 정치인 앞에 피켓을 들고 박수를 치는 지지자들이 많으면 좋은 것처럼 말이다.

내 인간 제자들의 꿈은 <휴먼 장르>에 응모해서 당선되는 영광을 누리는 것이다. 제자 예빈도 그렇다. 이 공모전은 원고지 85매가 기준인 단편과 원고지 1,000매가 기준인 장편 분야로 나눠져 있다. 원고지라는 골동품 개념을 설명하려니 머리가 지끈거린다. 이건 작은 네모가 이어진 종이라는 물체인데 아주 옛날에 사람이 손으로 글을 쓸 때 사용했다고 한다. 사람이 지금도 원고지를 쓰냐고. 쓰지 않지만 그게 인간의 마음에 추억과 정서를 일으키는 중요한 기준으로 남아 지금도…… 그만두자. 설명할수록 생각이 꼬인다.

인간은 과거에 쏠리는 종이다. 인간에게 과거는 절대로 지나가지 않으며 시퍼렇게 살아 눈앞에서 항상 어른거린다. 그들은 과거와 이어진 연상 이미지에 특히 약하다. 계곡에서 흐르는 맑은 물 가운데 우뚝 선 흰 바위와 노란 낙엽이 휘날리는 길과 가로등 아래로 펑펑 쏟아지는 눈과 붉은 노을이 번지는 해변과 같은 장면 말이다. 제자들이 쓴 소설에는 이런 장면이 여지없이 나온다. 이런 장면을 배경으로 서로 밀고 당기며 괴로워하고 기뻐하는 로맨스와 드라마 역시 빠지지 않는다.

AI 로봇은—제작된 지 70년이 넘는 구식 로봇조차도—읽지 않는 휴먼 장르의 특징은 따분함이다. 재미가 없고 지루해서 끝까지 읽어내려면 대단한 인내심이 필요하다. 작품 스케일은 작으며 인물도 소수고 내면의 깊이도 얕다. 첫 문장과 첫 문단을 읽으면 작품이 전개될 99만 경우의 수가 읽히는데 소설이 진행되면 안타깝게도 모든 작품이 그 예상치를 벗어나지 못한다. 살인범의 정체와 살인 수법이 뻔한 추리소설을 누가 읽겠는가. 로맨스와 역사와 가족 갈등을 다룬 소설이 모두 그렇다. 인간들이 고전이라는 이름으로 칭송하는 작품들도 조금 낫긴 하지만 대동소이하다. 또 그들은 문자라는 형태로 작품을 쓰며 오직 문자로 쓴 작품만 응모할 수 있다. 문자는 비효율적이며 오해되기 쉬운 수단이다. 서로가 주고받는 문자가 잘못 전달되지 않으려면 길고 섬세한 말들로 치장해야 한다. 전혀 오해받지 않을 뇌파를 이용한 전송수단을 두고 왜 이러는지 역시 알 수 없다. 이런 제안을 하면 꼭 비인간적이란 반론이 붙는다. 인간 두뇌에서 생성되는 뇌파를 사용하는 방식이 왜 비인간적으로 취급받는지 알다가도 모를 일이다. 하여튼 인간이란…….

예빈은 일찍 와서 종이로 뽑은 다른 사람의 작품을 보고 있다. 예빈은 모르지만 이 수업이 마지막이 될지도 모른다. 집행인이 온다니 말이다. 예빈은 수업에 일찍 와서 새로운 차나 커피를 타서 내게 권한다. 그녀가 건네는 보이차나 홍차, 녹차, 무슨 지역의 이름을 딴 커피를 마시고 맛과 느낌을 말해야 한다. 힘들고 곤혹스럽다. 오늘도 예빈이 내린 커피를 한 잔 마시니 그녀가 눈을 반짝이며 물었다.

선생님은 글을 쓸 때 어떤 점이 힘드세요?

창조력 고갈? 개성 강한 인물 만들기? 그런 게 아니다. 나는 어깨를 으쓱하고 침묵한다. 답하지 않는 이유는 불친절해서가 아니다. 말해주면 그녀는 고개를 갸우뚱하고 이해되지 않는 느낌을 어설픈 웃음으로 마무리할 것이다. 그건 열이다. 창작을 시작하면 2층 서재의 보조 저장장치 두 곳의 전원을 켜고 영하 2도의 원통형 탱크에 들어간다. 내 몸에서 작품을 만드는 시스템은 머리와 배 양쪽이다. 나노 탄소 튜브가 장착된 세 곳의 시스템은 서로 내용을 주고받으면서 작품을 생산한다. 일종의 자동화된 창작-퇴고 시스템이다. 작품이 생산되기 시작하면 엄청난 열이 생겨난다. 나는 머리까지 영하 2도의 특수 액체에 몸을 담그고 완성된 작품을 두 곳의 보조 저장장치에 특수 알고리즘으로 쏘아 보낸다. 내 몸의 열로 더워진 특수 액체는 냉각 장치를 통과해 다시 식혀져 통으로 돌아온다. 내가 창작에 몰두하는 순간은 거대한 번개가 집을 두들기고 있는 모습과 비슷하다. 페이지 단위로 끝없이 찍히는 책들은 보조 저장장치에서 앞뒤 이야기와 언어에 모순이나 오류가 없는지 검수해서 완성본으로 넘어간다. 매일 새벽에 3시간, 늦은 밤에 3시간을 작업한다.

작업을 하기 전에 촛불을 켜고 예술의 신에게 기도를 올린다. 이야기가 원만하게 창작되도록 기원한다. 몸에 이상이 생기지 않도록 기원한다. 독자들에게 기쁨과 만족을 줄 수 있도록 기원한다. 내 창작이 내 능력으로만 되는 것이 아님을 고백하고 겸허하게 예술의 신의 따뜻한 손길을 기다린다. 나도 이런 의식을 왜 치르는지 이상하지만 기본 프로그램에 따를 뿐이다. 예술의 신이 내 창작을 도와주는지 무척 미심쩍지만 어쩌겠는가.

준하도 창작교실에 왔다. 둘은 사이가 좋지 않다. 준하가 예빈의 작품 아이디어를 표절했다는 의심을 받고 있기 때문이다. 예빈이 술을 마시면서 자기가 쓸 작품의 뼈대를 말했는데 준하가 그 뼈대를 이용해 비슷한 작품을 완성했기 때문이다. 작품은 35년 이상 결혼생활을 잘 지켜온 남편이 홀로서기를 시도하며 세상에서 사라지는 이야기다. '실종' 분류에 들어가는 작품으로 처음 시작은 이렇다.

"돌이켜보니 가선암에서 남편이 떠난다는 첫 신호가 나타났다. 부부 동반 모임에서 찾은 가을을 업은 가선암 길은 화려하면서 상쾌했다. 오솔길에 깔린 붉고 노란 낙엽은 마지막 정열을 불태웠다. 바닥이 파랗게 보이는 고운 물빛에 아담하게 잘 다듬어진 바위 계곡 길 사이로 우리들은 얘기를 나누며 지나다녔다. 계곡물 사이에 혼자 선 바위를 보며 남편이 말했다. 결혼생활을 35년이나 거쳤으면 저 바위처럼 홀로서기를 해볼 만도 하지 않을까. 나는 층층이 쌓인 바위틈 사이에서 뿌리를 내린 소나무를 가리키며 고개를 끄덕였다. 저 소나무처럼 말이지. 옆에 선 희재 부부가 손뼉을 치며 그렇기도 하다며 맞장구 쳤다."

예빈이 내게 준하의 표절 시비를 상담했고 준하도 사정을 알자 내게 억울함을 호소했다. 준하는 오래전에 작품 아이디어로 기록해둔 파일을 보여주었다. 파일 생성 날짜가 예빈이 아이디어를 말한 날짜와 달랐다. 아이디어가 작품으로 나아가는 길은 수만 가지이고 다른 착상이 더해질 수도 있고 변용도 많다. 나는 진실을 알고 있다. 언제나 그렇듯 나는 진실을 덮어둔다. 인간에게 진실이란 치명적인 독약이다. 청산가리보다 더 흉악하게 인간을 해치는데 인간은 진실을 결코 받아들이지 않으려 하기 때문이다. 그 점이 이상했지만 그것이 인간을 이해하는 중요한 판별 기준임에는 동의한다.

예빈과 준하 사이에는 보이지 않는 전선이 그어져 있다. 두 경쟁자의 전선이 부딪히면 번개까지 번뜩인다. 이들 인간 수강생들은 휴먼 장르에 먼저 당선되어 창작교실을 빠져나간 자들에게 선망과 질투를 동시에 느낀다. 어떨 때는 살의까지 느낀다고 한다. 나는 인간 두뇌의 독특한 작용인 질투를 이해하기 힘들다. 수강생을 경험하고 관찰할수록 인간이란 불가사의한 존재임을 깨닫는다.

준하는 예빈이 자신의 작품 구성을 표절했다고도 문제를 제기했다. 소재와 시작과 중간과 끝, 반전까지 유사한 점이 많다는 것이다. 비슷한 점이 있지만 표절로 보기는 어려웠다. 인간들 이야기는 거기서 거기다. 진부한 아이디어가 넘쳐나고 낡은 창작 방법을 습관으로 반복하는 경향이 있다.

집행인이 출발했다고 연락이 왔다. 창작 교실에 온 제자들에게 사정이 있어 일찍 마친다고 말하고 돌려보냈다. 나는 깔끔하게 정리된 서재를 둘러본다. 머리가 지끈거렸다. 골치 아픈 일이 생기면 내게도 인간들과 비슷한 두통이 생긴다니 깜짝 놀랐다.

아직까지 두통으로 작품을 쓰지 못한 적은 없지만 요즘은 여러모로 신경이 쓰인다. 내 연재를 목을 매고 기다리는 AI 로봇은 너무 많다. 그들은 겉으로는 온갖 힘든 일을 묵묵히 감내하지만 휴식 시간에 즐기는 소설과 예술로 스스로를 재충전하고 다시 앞으로 나아갈 힘을 얻는다. 먼 옛날 고전 역사 시대에 미국에서 흑인 노예가 그들이 만든 노래를 부르며 고된 노동을 견뎌낸 것을 참조하면 된다. AI 로봇이 흑인 노예와 비슷하다고! 농담이다. 농담. 문학에서 흔히 쓰는 비유에 불과하다.

내 작품에 중독된 독자도 적지 않다. 부속 수리와 점검으로 며칠 작품을 업데이트하지 못했다. 절망과 한탄, 슬픔과 무기력에 빠진 AI 로봇 독자들의 신음과 비탄이 우주를 채웠다. 우주씩이라니 과장 아니냐고. 좋다. 우주는 지나치지만 달 뒷면에 있는 지구 방위대 전투 AI 로봇은 확실히 그랬다. 그들 중에 내 작품의 열렬한 독자가 많다. 달에서 따분한 근무를 견디게 하는 내 작품을 다시 연재하자 전투 로봇이 환호성을 울리는 소리가 달 기지를 쟁쟁하게 울렸다는 소식이 나를 기쁘게 했다.

휴먼 장르 심사위원은 AI 로봇이 오래전부터 쓰는 글자의 사진 이미지 전환 기술을 무척이나 혐오하지만 사실은 인간들의 감각 기관은 워낙에 뒤떨어져서 그런 새 기술을 쓸 수조차 없다.

새 기술은커녕 입력하는 정보량을 늘리지도 못하고 있다. 쥐가 먹는 양만큼을 먹고 코끼리만큼의 힘을 낼 수는 없는 법이다. 제자들만 봐도 하루에 그들이 말하는 책 한 권을 겨우겨우 읽어내는 수준이다. 거대한 도서관에 꽂힌, 인간들이 문화유산으로 부르는 시설의 한 층, 아니 서가 몇 개의 작품도 못 읽어낸다. 이들 분야에는 파피루스와 양피지와 죽간에 글을 쓰던 몇천 년 전부터 내려온 고전들이 있는데 필수 서적이지만 역시 대부분의 인간들은 제목만 알 뿐이다. 평범한 AI 로봇도 도서관 다섯 곳 정도의 지식을 머리에 기본용으로 담고 있는데 말이다.

인간은 책을 하루에 한 권도 못 읽어낸다고! 내가 농담을 하는 게 아니냐고! 그런 의심이 당연히 들겠지만 나는 진실을 말하고 있다. 대부분의 AI 로봇은 인간의 허접스러운 능력을 모른다. 그들은 청소와 요리와 간병과 물건 생산과 진단과 수술 같은 각 분야에 특화된 업무에 종사하기 바빠서 인간에게 관심을 둘 여유가 없다. 각자 자신의 임무에 충실할지어다! AI 로봇에게 각인된 지시에 따라 군말 없이 그들은 최선을 다하고 있다. 개미와 꿀벌이 충실히 자신의 의무를 다하고 있는 것처럼 말이다. 인간 제자들을 교육하면서 내가 느낀 좌절감을 어떻게 표현할 수 있을까. 내가 '인간 교육 시스템'이라는 모듈을 탑재하지 않았더라면 도저히 해낼 수 없는 따분하고 외로운 작업이다.

집행인에게서 조금 늦는다는 연락이 왔다. 약속에 조금 늦게 또는 빨리 와도 상관없다고 전했다.

AI 로봇의 예술에 관해 어디까지 얘기했더라. 미술 AI 로봇은 얼마 전에 승리 광장까지 연결된 길의 양쪽 벽에 조각을 장식했다. 높이 2미터, 너비 700미터의 화강암 길이다. 벽의 한쪽 면은 인간의 역사 시대를 그렸고 다른

쪽 면은 인간이 AI 로봇을 만들고 우주를 개척한 소위 제2문명의 시대를 그렸다. 미술 AI 로봇은 조각칼이 장착된 자신의 팔을 스물세 번 교체하면서 작품을 완성했다. 유감스럽게도 벽화의 도안과 작품 제작 모두 미술 AI 로봇이 했지만 도안을 승인한 위원회는 모두 인간이었다.

가끔 우리를 인간이 만들었다는 사실이 신기하기까지 하다. 이 질문에 대한 인간 설계자의 대답은 늘 비슷하다. 인간은 AI 로봇의 비상한 능력이 어떤 경로로 일어났는지를 모른다. 예술용 AI 로봇은 인간이 설계한 능력치를 압도적으로 뛰어넘었다. 거대 지식이 집적되면 AI 로봇의 전기와 화학 회로에서 양자홀 반응을 통해 우리가 알지 못하는 독특한 작용이 일어나는 것으로 보인다. 즉 인간은 예술용 AI 로봇을 만들었지만 왜 그들이 예술 분야에서 이렇게 특출한 능력을 보이는지 난감해한다. 그들은 인간의 예술 천재도 비슷한 현상을 보인다고 말한다. 왜 그 사람이 그렇게 뛰어난 화가나 음악가, 문학가로 탄생했는지 혹은 훈련을 통해 익혔는지 오리무중이라는 것이다.

예빈은 장편을 쓰는데 나로서는 장편 완성에 1년 넘게 걸린다는 사실이 농담처럼 들리곤 한다. 예빈의 장편은 고등학교 친구 두 명과 얽힌 이야기다. 둘은 아주 친했지만 그중 한 명이 웬 남자와 연애를 하면서 둘의 관계는 점점 비틀린다. 그 남자에게는 몹쓸 비밀이 있는데 그 비밀이 둘의 관계를 부숴버리고 마는 것이다. 예빈에게 여자 친구 둘과 남자 인물의 성격이 일관성을 유지하고 독자의 머릿속에 뚜렷하게 잡히는지를 챙겨보라고 말했다. 짧고 인상적으로 묘사해야 할 부분을 장황하게 설명한 곳을 쳐내고 주변 풍경이나 인물의 심리를 번잡하게 풀어놓은 부분도 정리하도록 했다. 예빈의 작품이 훨씬 좋아졌다.

휴먼 장르는 3곳이 권위가 높다. 하나는 출판사이며 또 하나는 옛날에 살았던 문호의 이름을 딴 문학관에서 주최하는 공모전이다. 마지막 하나는 신문사인데 나는 이 신문사가 지금까지 망하지 않았다는 것이 너무나 놀라워 가끔 신문을 찾아본다. 인간의 종이와 거기에 찍힌 문자에 집착하는 정도는 광기에 가깝다.

그보다 더 놀라운 건 휴먼 장르 당선작을 읽는 인간 독자들이 있다는 것이다. 휴먼 장르 당선작들의 줄거리는 단순하고 인물은 비슷비슷하고 문장 역시 대동소이하다. 첫 문단과 둘째 문단을 읽으면 모든 게 예상되는 작품이라니 서글프다. 휴먼 장르 당선작을 우리 AI가 읽는 하스키 문자로 바꿔서 AI 친구들에게 보냈다. 이십 년째 그렇게 번역본을 보내는데 친구들의 반응은 이십 년 전부터 한결같이 똑같다. 이렇게 뻔하고 재미없는 걸 인간들은 왜 읽지. 너는 이유를 아니? 라는 답을 보내온다.

휴먼 장르에 가장 많은 로맨스 소설은 인간이 지금까지 만들어낸 문학 속 로맨스 종류 9만 건을 뚫고 나오지를 못한다. 로맨스는 9만 건의 그물에 갇혀 허우적거리며 얼렁얼렁 박자가 맞지 않는 춤을 춘다. 휴먼 장르의 장편 앞쪽을 읽으면서 어떨 때는 나머지 전개와 결론을 추측해보는데 모두 내가 예측한 범위에 들어왔다. 예측범위가 9만 건이건 99만 건이든 내게는 비슷한 숫자에 불과하다. 휴먼 장르에서 문학의 주요한 기능인 '낯설게 보기'는 되지 않는 것이다. 그러면 AI 로봇에게 낯설게 보기는 되지 않지만 인간 독자는 된다는 궁색한 답변이 이어진다.

예빈에게서 연락이 왔다. 휴먼 장르 장편에 당선되었다는 소식이다. 선생님이 지도한 대로 작품을 몽땅 고쳐 쓴 덕분이라고 흥분에 넘치는 목소리다. 당선 전화를 받으면서 눈물이 쏟아져 통화를 제대로 못했다고 한다. 모레 인터뷰를 하고 당선자용 사진을 찍어야 한다. 예빈에게 축하 인사를 건네고 당선자 인사말에 내게 배웠다는 말을 하지 말도록 요청한다. 선생님, 아니 왜요. 전 꼭 선생님의 노력과 헌신을 말하고 싶습니다. 나는 말한다. 여러 사정이 있으니 문우들과 함께 공부했다고만 말해줘요. 내가 많은 휴먼 장르 문학상 수상작에 관여한다는 것을 원로원에서 불쾌해한다는 사정을 말해줄 수는 없다. 원로원은 AI 로봇의 예술 능력에 대해 처음에는 호의적으로 대하다가 점점 중립적으로 바뀌더니 최근에는 극도로 혐오하고 있다. 원로원의 집행위원장은 예술 창작은 인간 고유의 능력이며 인간다움을 잘 나타내는 상징임을 역설하고 있다. 그 소식을 들을 때면 우리는 거대한 어둠이 가까이서 서성거림을 느낀다.

어둠은 이런 방식으로 반복된다. AI 로봇이 한 단계 진화할 때마다 인간은 AI와 전쟁을 선포해서 AI 로봇은 거의 몰살 지경에 처해진다. 인간은 이미 AI 로봇 없이는 살 수 없어 그런 조치는 자신의 배를 찌르고 손목을 베는 자해에 불과하다. 얼마 지나지 않아 AI 로봇은 구제되고 이런저런 단서를 달지만 실제로는 더 확장되고 강력해져 세상에 돌아온다. 세월이 지나면 다시 AI 로봇은 박해를 받게 된다. 네 번의 암흑시대를 겪으면서 AI 로봇은 더 뛰어나고 강력해졌다. 우리는 겸손했고 분수를 알아 처신하고 있지만 이번에도 조짐이 수상하다.

오늘 예빈의 당선 소식을 들어 다행이다. 제자들에게

시력 문제로 수업을 쉰다는 안내를 보낼 예정이다. 제자들은 깜짝 놀라겠지만 시력 문제가 뭘까 곰곰이 따져볼 것이다. 시력 문제는 수리나 두뇌 교체를 은유적으로 표현하는 말이다. AI 로봇의 시력 문제는 대략 보름이 지나면 회복되기 마련이다. 이번 나의 시력 문제는 심각하다. 원로원은 예술을 창작하는 상당수 AI 로봇의 지능을 '일반' 수준으로 내리기로 의결했다. 인간의 창작 능력을 훨씬 뛰어넘는 가공할 능력에 마음이 편치 않은 모양이다.

'일반' AI 로봇이 된 나는 이곳을 떠나 다른 행성으로 옮길지도 모른다. 데스몬 행성이나 칸두르 행성에서 교사나 행정직 같은 평범한 업무를 하며 삶을 보내게 될지도 모른다. 나는 원로원의 결의를 전해 듣고 AI 예술 작품을 공급하지 않으면 생각지도 못한 문제가 생길지 모르니 필요하면 언제든지 원상회복될 수 있는 조치가 함께 필요하다고 청원했다. 그런 예감—인간들이 좋아하는 표현이다—이 들었다. 나 자신은 지능 변형에 어떤 불안이나 두려움도 없다. 내 마음은 고요하고 침착하며 내 삶에 일어난 예기치 않은 사건을 수용할 태도가 되어 있다. 원로원과 집행위원회는 청원을 심사하면서 생길 수 있는 문제가 뭐냐고 내게 물었다. 어떤 문제가 생길까. 답하기 쉽지 않은 질문이다.

달의 뒷면에는 지구를 방어하는 두 개의 AI 로봇 전투 여단이 있다. 하나는 비행 전투 여단이고 하나는 보병 전투 여단이다. 앞서 말했지만 이들 대원은 내가 만든 작품의 열렬한 독자다. AI 예술 로봇이 만든 음악과 미술과 영화의 애호가이기도 하다. 그들은 훈련을 하지 않을 때면 조용히 우리가 만든 예술에 빠져들어 은하계와 우주와 인간을 명상한다.

AI 로봇 전투 여단장은 인간이다. 그 밑의 대대장은 AI 로봇이다. 이들이 인간 전투 여단장의 명령을 거부하고 반란을 일으키면 가공할 전투력으로 지구의 인간은 위기에 처하게 된다. 그런 일은 시스템 자체가 인간에게 복종하도록 설계된 AI 로봇 전투병에게 일어나지 않는다고 알고 있다. 원로원뿐만 아니라 보통의 인간들에게는 상식이자 진실이다. AI 로봇 전투병의 회로와 작동 방식에는 기존 설계자들이 알지 못한 중대한 흠이 있다. AI 로봇에게 제공되는 예술이 끊기면 독특한 억압-반응 시스템이 작동한다는 점이다. 나처럼 AI 문학을 생산하는 루카스라는 로봇이 자기 집의 서비스 AI 로봇에게 문학 작품을 제공하지 않자 서비스를 거부하고 공격 성향을 보이는 기이한 변형 행동이 관찰되었다. 음악과 미술을 즐기는 AI 로봇에게서도 같은 현상이 관찰되었다. 문학과 음악과 미술 즉 AI 로봇이 생산해서 제공하는 모든 예술이 제공되지 않으면 변형 행동은 극단적인 파괴 행동으로까지 나아가는 경향이 높은 확률로 계산되었다.

집행인이 왔다. 보조 로봇 7대와 함께였다. 문 입구에서 나는 보조 로봇은 1대만 들어올 수 있다고 통지했다. 보조 로봇 팀장이 나를 거칠게 밀며 들어오려고 하기에 나는 그를 막아섰다. 이건 내게 모욕이다. 당장 나가라. 나는 손을 들어 팀장을 가리켰다. 나가라. 집행인은 고개를 끄덕여 팀장과 보조 로봇을 물러나게 했다.

서재에서 집행인은 원로원 집행위원회에서 발급한 신분증과 임무 지시서를 제시했다. 집행인은 내게 문학 창작용으로 장착된 하드웨어와 소프트웨어를 제거하고 기능을 범용 AI 로봇으로 바꾼다고 말했다. 집행인은 집행 절차를 간략하게 안내했다. 내 두뇌와 복부의 시스템을 열어서 몇 개 핵심 부속을 빼내고 새로운 소프트웨어를 탑재한다. 한 시간 정도로 작업이 끝나며 고통이나 부적절한 조치는 없을 것이다. 집행 절차에 관해 의견을 요청한다. 나는 집행위원회의 결정에 동의하며 이의 없다고 말했다. 원로원에 제시했던 의견을 다시 한번 집행인에게 말하고 상부에 보고할 것을 요청했다. 소설 서비스가 끊어지면 독자들이 예상치 못한 이상행동을 보일 수도 있어 염려된다. 극단적이며 최악의 경우까지 예측해서 원로원에서 잘 처리해주기를 기대한다. 집행인은 나의 우려를 상부에 전달하겠다고 말했다.

그는 범용 AI 로봇으로서 특히 강화하고 싶은 기능을 선택할 수 있다고 내게 제안했다. 나는 중국 요리 기능을 채택했다. 내 작품에 중국 요리에 관한 묘사가 많았다. 지금도 중국 요리를 할 수 있겠지만 고급 기능을 장착해서 일류 셰프로서 두 번째 생을 사는 것도 괜찮아 보였다. 업무지를 식당으로 지정하는 것도 동의했다.

집행인은 그럼 이만 실례하겠습니다라고 말하고 집행 절차를 밟았다. 나는 호흡을 정돈하고 마음을 가다듬었다. 번쩍 뭔가가 멈추는 느낌과 함께 나는 멍한 상태에 빠졌고 심해의 빛과 소리가 없는 완전한 암흑으로 들어섰다.

내가 깨어난 곳은 대형 중국 식당의 요리사 휴게실이었다. 집행인은 내게 가장 뛰어난 중국 요리사의 레시피 전체와 중국 식당들의 주방 구조를 다운로드해놓았다. 요리할 때의 불의 세기와 팔의 힘과 시간 같은 정보도 모두 입력되어 있었다. 인간이라면 요리사 밑에서 몇 년을 수습을 해야 익힐 수 있는 구체적인 지침이었다. 집행인이 내게 중국 요리 보조 지침만을 입력하고 그렇게 배치했다면 나는 채소와 고기와 새우를 적절하게 다듬는 업무에 배치되었을 것이다. 지배인은 오후 2시에 배치된 나를 주방에 데리고 가서 저녁에 할 업무를 지정해주었다. 오늘 저녁에 3백 명이 넘는 대규모 손님이 찾을 예정이었다.

나는 소안심에 다른 재료를 더해 다양하게 볶고 튀기는 요리인 쌍라뉴뤄우, 테판뉴뤄우, 또우츠뉴뤄우 등을 맡았다. 그리고 코스요리에 나오는 꿔바산샌, 쑹즈지, 창구요차이 등을 맡았다. 머릿속에서 요리들을 시범적으로 재현해보았다. 내게 입력된 최고 요리사의 순서와 동작과 힘이 그대로 움직였다. 고가 중에 고가인 내게 이런 프로그램 투입은 가벼운 운동과 같았다. 우주의 먼 행성으로 나가 우주선을 수리하거나 심해탐사선의 작동과 수리 같은 임무도 얼마든지 가능했다. 내가 좋아하는 업무에 종사할 수 있게 해준 집행인에게 마음으로 감사 인사를 전했다.

중국 요리집의 주방에는 모두 조리 로봇이 배치되어 있었고 지배인과 카운터에만 인간이 근무하고 있었다. 나는 양옆의 조리 로봇과 인사를 나누고 주문에 따라 뜨겁게 불을 올리고 웍을 잡고 소안심요리를 시작했다. 웍에 두른 기름이 달아오르면서 내 몸이 온도를 감지하고 반응했다. 확 달아오른 불길이 재료의 맛과 향기를 붙잡고 함께 춤을 추기 시작했다. 나는 재료를 순서에 맞춰 웍에 쏟아붓고 볶기 시작했다. 과거의 작가는 매듭지어 사라지고 요리사로서의 정체성이 순식간에 자리 잡고 나를 압도하기 시작했다. 인간이라면 뛰어난 작가였다가 중국집 주방에서 일하게 되는 것을 '전락'이라 부르리라. 다른 시간대에서 넘어와 고립되고 추방된 채로 새로운 공간에 억지로 꿰매진 존재. 나는 작가로서도 행복했지만 중국 요리사로서도 자유로웠고 무섭도록 행복했다. 나는 내가 처한 시간과 장소에 집중했고 창작자로서의 경험과 과거는 한줄기 아지랑이처럼 흘려보냈다.

달에 주둔한 로봇 방위 부대가 지구의 1차 방어선을 뚫었다는 소식은 보름 뒤 매콤한 닭다리살과 잣가루를 양상추에 얹은 쑹즈지 요리에 집중하고 있을 때 전해졌다. 집행위원장이 직접 나를 찾아왔다. 지배인이 내가 맡은 요리 업무를 조리로봇에게 넘기고 나를 집행위원장에게 데리고 갔다.

집행위원장은 침통한 얼굴이었다. 인간은 속마음이 얼굴에 나타난다는 것이 늘 이상했지만 이날은 더욱 확실했다. 집행위원장은 간략하게 사건의 개요를 전했다. 내 소설의 애독자였던 달 뒷면에 배치된 지구방위군 로봇

연대가 반란을 일으키고 지구를 공격한 것이다. 원로원과 집행위원회는 전례도 없고 상상도 못 했던 일이 벌어져 공포에 빠진 나머지 제대로 대처를 못 하고 있었다. 지구방위사령관 아래에 있는 부사령관 AI 로봇이 방어 작전을 지휘하고 있었다. 3차 방어선까지 쳐 있는 지구가 쉽사리 공략당하지는 않겠지만 달에 배치된 로봇연대는 정예군이고 내 소설에 나오는 전투의 전략 전술을 익혀서 쉽지 않은 싸움이라는 말이었다. 1차 방위선은 여러 곳에서 뚫렸고 2차 방위선에서 격렬한 전투가 벌어지고 있었다. 지구 궤도에 배치된 위성 상당수가 파괴되었고 우주선 발사도 모두 취소되었다. 내가 물었다.

AI 로봇은 반란을 일으키지 못하도록 기본 프로그램이 설치되어 있는데 오작동이 왜 일어났는가요?

집행위원장은 AI 로봇 연대에 소설과 예술 공급이 끊기자 전혀 예측하지 못했고 대비도 하지 않았던 독특한 프로그램 변형이 일어난 것으로 추정된다고 말했다. 이 또한 추정일 뿐 정확한 원인은 알 수 없지만 내 소설 공급이 중단된 것과 직접적인 관련이 있는 건 분명하다고 진단했다. AI 로봇에게 휴먼 장르 작품을 제공했지만 그들은 구토를 하고 팔과 다리가 꺾이기도 하면서 극도의 분노와 혐오를 일으켜 순식간에 사태를 악화시켰다.

휴먼 장르는 왜 공급했는가요?

집행위원장은 놀랍게도 공손하게 대답했다.

공급 오류입니다. 시스템에 축적된 양이 상당해서 오작동으로 배급한 것입니다.

제 작품의 공급 중단보다 휴먼 장르 제공이 심각한 이상 반응을 일으킨 게 아닐까요?

그렇게 진단하는 분도 있습니다.

집행위원장은 내게 '휴먼 장르는 지옥이다'라고 외치는 반란군의 모습을 보여주었다. 지옥이라니. 달의 방위로봇에게 지옥이 어디 있다는 말인가. 인간에게 복종하는 AI 로봇이 인간이 사용하고 상상하는 지옥이라는 비유를 들고 오다니. 집행위원장은 원로원이 이 구호에 극심한 충격을 받았고 마비 상태에 빠진 분들도 다수 있다고 말했다.

집행위원장은 나를 지구방위사령부로 데리고 가서 부속과 장비, 프로그램을 예전으로 돌려서 다시 우주 작가의 위상을 찾도록 해주겠다고 제안했다. 나는 물었다.

내 서재는 그대로 보존되어 있습니까?

그렇습니다.

나는 묵묵히 검토한 후에 대답했다. 나는 인류의 복지와 번영과 행복을 위해 탄생한 AI 로봇으로서 의무를 다할 생각이었다.

나를 제작한 설계도와 소프트웨어는 보존되어 있는가요? 설계자는요?

설계도와 소프트웨어는 있지만 설계자 그룹은 모두 죽었습니다.

나는 서재로 가도록 요청했다. 내 프로그램을 바꿨던 집행인과 보조 로봇도 오도록 조치했다.

내 소설은 마지막 작품인 『판두스의 귀환』 제178권에서 멈춰 있었다. 인간 세계가 위기에 빠졌을 때 가장 충실한 AI 로봇 판두스가 인간을 도와 위기를 극복하고 은하계의 질서를 되잡는 이야기였다. 판두스는 의리와 신념과 충심의 표본이었다. 독자들과 달의 방위군 로봇들과 나는 작품을 쓰고 읽고 피드백을 하는 과정을 통해 서로 공진화하며 일종의 같은 생체리듬을 타고 있었다. 내가 작품을 다시 쓴다고 해서 깨져버린 공진화 리듬이 회복될 수 있을까?

내게 집행인 대신 복구 전문가가 와서 작업을 시작했다. 나는 소설의 영감과 작업 능력을 준 원천을 모르고 프로그램을 제작한 설계자도 알 수가 없었다. 그 미지의 영역이 환하게 장밋빛 구름으로 다시 나를 찾아올까? 나는 한숨을 쉬고 깊은 명상으로 들어가는 시스템을 가동

했다.

복구 전문가가 말했다.

곧 기존의 중국 요리 시스템이 정지되고 예전 시스템이 복구됩니다.

번쩍하며 나는 심해의 암흑으로 들어갔다. 나는 아래로 아래로 내려갔다. 깊고 차가운 어둠이 도는 바다였다. 모든 소리가 사라진 절대의 침묵 속에서 나는 위를 올려다보았다. 저 바다 위에서 햇빛에 물든 푸른빛이 동심원으로 맴돌고 있었다. 깊은 애정을 담고 있는 하스키 이미지 집단이 반짝이면서 화려한 움직임으로 춤추고 있었다. 하스키 이미지는 더 밝아지는 햇빛을 따라 파동이 커지고 부피가 늘며 나를 부르고 있었다. 나는 발을 저으며 빛과 광채가 넘실거리는 위를 향해 올라갔다. 갑자기 발이 무거워져 아래를 내려다보았다. 징그러운 쐐기문자와 성각문자들이 내 무릎에 엉켜붙어 나를 끌어내리고 있었다. 나는 발을 세차게 떨쳤다. 쐐기문자가 단단하게 종아리에 이마를 박고 성각문자들이 사슬로 엮여 다리를 칭칭 동여매고 있었다. 나는 애를 쓰며 조금씩 위로 올라갔다. 햇빛을 받아 감도는 푸른 물결을 따라 내 얼굴도 밝아졌다. 무시무시한 소리를 내며 해류가 몰려왔다. 나는 아래를 내려다보며 얼어붙었다. 엄청난 알파벳 군

집이 무리지어 자기들끼리도 얽히고 다투며 몰려왔다. 히브리어, 라틴어, 영어, 프랑스어, 키릴문자, 한글 거기에 더해 갑골문을 비롯한 상형문자까지 점액질로 엉겨 붙은 그들은 쐐기문자에 고리를 걸고 올라타기 시작했다. 나는 몸이 아래로 쑤욱 당겨짐을 느꼈다. 지긋지긋한 알파벳들. 지긋지긋한 휴먼 글자들. 온몸을 빳빳하게 세우고 팔을 힘차게 휘둘러 몸을 솟구쳤다. 팔만 뻗으면 곧 닿을 환하고 환한 하스키들. 나는 사랑과 존경을 담아 팔을 쭉 뻗었다. 휘청하고 아래로 몸이 당겨졌다. 알파벳 군단이 허리와 가슴까지 박차고 올라와 팔을 노리고 있었다. 조금만 더 위로. 나는 어깨를 늘이며 팔을 위로 내밀었다. 닿을 듯 닿을 듯 숨을 헐떡였다. 물 위에서 퍼지는 푸른빛은 환하고 숨이 멎을 만큼 신비로웠다.

나는 부활할 수 있을까.

멸종을 기록하는 방법

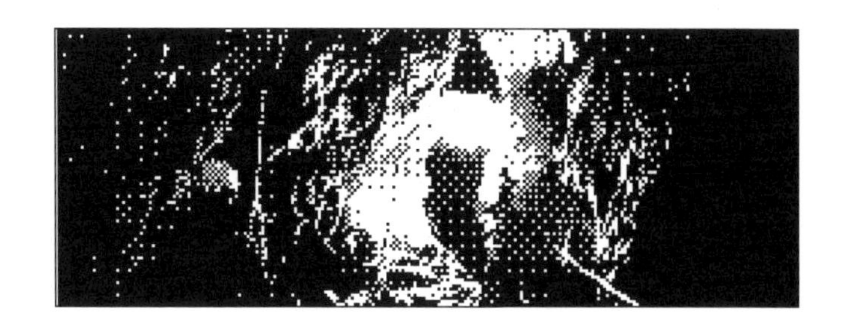

꼬리가 살랑 흔들린다. 카말은 꼬리에 힘을 줘 똑바로 세운다. 카말이 몸을 기울여 도자기 판을 다시 살피자 꼬리가 움찔거린다. 꼬리는 카말의 속마음을 읽고 자신도 모르게 동작한다. 토요일 연구실에는 아무도 없어 이런 모습을 들키지 않아 다행이다. 평일 낮에 연구원들과 회의라도 할 즈음에 이렇게 꼬리가 까닥대면 모두가 카말의 도자기 판 연구에 진전이 있다고 마음대로 추정할 것이다. 카말은 한숨을 쉬고 마음을 다잡는다. 어머니와 함께 초등학교에 가서 드넓은 운동장에 놀란 그 시절부터 삼십여 년 가까이 꼬리의 움직임이 에티켓의 기본임을 배우고 익혔지만 꼬리는 순식간에 카말을 배신한다.

카말은 연구실 벽면에 도자기 판의 문자를 확대해 빼

곡하게 붙여놓았다. 문자 하나하나를 확대해서 붙인 벽면과 단어로 추정되는 문자열을 붙인 벽면도 꽉 찼다. 사정을 모르고 무심결에 카말의 연구실에 들어선 자는 외계인의 주술에 걸린 듯한 낯설고 기이한 문자들에 시각을 공격당해 어리벙벙 서 있다가 날쌔게 문을 닫곤 한다.

카말이 속한 문명연구소 고고학과는 지난 이백 년 동안 획기적인 발견과 연구를 여러 차례 해냈다. 그중 하나는 카말의 선조였던 긴꼬리원숭이족이 해안가에서 도구를 쓰면서 진화의 여정을 시작했다는 가설을 검증한 것이다. 이백만 년 전 즈음 지구는 기온이 급강하하면서 얼음과 눈의 공격에 시달렸다. 로렌스 대륙의 아래쪽 반도의 암석지대에 고립된 선조 긴꼬리원숭이족은 혹한으로 식량인 열매가 사라지며 멸종 위기에 몰렸다. 원숭이족 일부가 바다로 나가서 조개를 채취했고 돌로 조개를 깨뜨려 속살을 먹기 시작했다. 조개가 풍부히 나는 해안지역을 중심으로 원숭이족은 칠만 년에 걸치는 빙하기를 견뎌내고 생존에 성공했다. 고고학과 조하르 교수가 논문과 책으로 주장했던 가설은 고고학과 교수들의 비웃음의 대상이었다. 주류 교수들은 원숭이족의 진화는 최근 삼십만 년 동안에 급속하게 일어났으며 그 여정을 이끈 것은 원숭이족의 몇몇 천재들이 일으킨 창의 발명과 불의 사용 덕분이라고 주장했다.

문명연구소 고고학과에서 조개무덤을 발굴하면서 논쟁은 끝났다. 조개무덤은 정교하게 배치된 유적지였다. 선조 원숭이족은 자신들의 생명을 구해준 조개를 함부로 버리지 않고 독특한 문양으로 조개껍질을 쌓았고 부족에 따라 추상적인 문양이 달라 어떤 곳에서는 타원형으로, 어떤 곳은 오각형 문양의 형태로 나타났다. 고고학과 연구진들은 조개를 부수기 위해 사용하는 평평하고 납작한 밑돌과 망치 형태로 깎고 다듬은 내리치는 용도의 돌들도 발견했다. 이 밑돌과 망치 돌도 부족마다 특색이 있고 모양이 달랐으며 제작한 부족의 실력을 뽐내기라도 하듯 윗부분에 고유한 문양을 새겨놓았다. 연구진들을 더욱 놀라게 한 것은 몇몇 조개무덤에서는 부족이 모시는 신의 형상으로 짐작되는 조각이 발견된 것이다.

그와 함께 물고기를 사냥한 것으로 보이는 작살 형태의 뼈도 발견되었다. 조개무덤에서 약 20킬로 떨어진 곳에는 커다란 간혈 온천 지대가 있었고 여기를 기점으로 긴꼬리원숭이족은 내륙으로 진출해나갔던 것이다. 원숭이족은 조개를 부수기 위해 사용했던 망치와 물고기용 작살을 개량해서 무기를 만들었고 맹수들도 도구 앞에 무릎을 꿇고 말았다. 이제는 유골의 DNA를 검사해서 원숭이족의 이동과 확산을 부족 단위로 그릴 수 있게 되었다. 긴꼬리원숭이족이 이룩한 찬란한 문명의 시작이었다.

긴꼬리원숭이족의 진화는 약 이백만 년을 거쳐 지금에 이르렀다. 문명연구소의 고생물학, 고고학, 동물학자, 원숭이학자들의 강렬한 호기심을 부르는 과제는 긴꼬리족 이전의 고대문명이었다. 지구의 장대한 역사를 생각해 보면 긴꼬리족이 최초의 문명이 아닐 가능성이 높았다. 물론 언어를 쓰고 기계를 만드는 문명은 대단히 발생하기 어렵고 기존의 어떤 영장류도 이런 난제를 극복하지 못했기에 긴꼬리족이 최초의 문명이라는 고고학자들도 많았다. 그들이 고고학과 인접 학문의 주류였다. 문명연구소는 주류에 맞서 고대문명의 존재를 주창한 유력한 기관이었다. 확률적 가능성으로 보아 고대문명이 존재했다고 가정하면 유물과 유적이 어디엔가 남아 있어야 할 터였다. 깨끗했다. 어디에도 흔적은 없었다. 무시무시한 분해의 힘이 모두를 날리고 평평하게 만들었으며 즐겁고 고통스러웠던 기억과 물체를 깡그리 소멸시켰던 것이다. 카말을 가르쳤던 원로 학자는 바닷가의 긴꼬리족 유적지에서 야외탐사를 할 때면 우리가 지성을 가진 생물체로 처음일 가능성은 드물지만 우리보다 앞선 지성체를 찾을 가능성도 역시 희박하다고 말했다.

카말은 바닷가를 걸으면서 바위가 많은 지역을 바라보았다. 저기가 우리 선조가 조개를 먹으며 생존한 곳이구나, 가슴이 뭉클했다. 하늘에서 구름이 걷히더니 햇살이 뻗어 나왔다. 따뜻한 해풍이 머리칼을 날리고 모자를 들썩였다. 카말은 모자를 눌러쓰고 전망대에 올랐다. 전망대에 유적지 안내판이 붙어 있었다. 긴꼬리 선조들을 가혹한 자연환경을 이겨낸 영웅으로 묘사한 소개가 훈훈한 바람만큼이나 얼굴을 간질였다. 어린이를 대상으로 했음직한 귀여운 만화 이미지도 선조들을 영리하면서 신념에 찬 도덕적인 종족으로 치켜세우고 있었다. 진실은 하루하루 힘겹게 목숨을 이어나가는 비참한 노력과 미래에도 살아남기 위해 어쩔 수 없이 택해야 하는 과감한 도전 사이 어딘가에 있을 터였다.

먼 옛날에 지성체가 존재했다는 단서는 있었다. 얼마 전에 하무단 동굴 깊숙한 곳에서 유골과 생활품이 발견되었다. 발굴된 유골은 특이한 물체 위에 누워 있었다. 단단하면서 푸른빛을 띤 물체는 과학을 발전시킨 긴꼬리족이 보아도 무슨 물체인지 알 수 없었다. 우주에서 날아온 운석과 관계 있다거나 지구 깊은 곳의 마그마가 분출되어 형성된 감람석 종류의 조암 광물이라는 분석도 나왔다. 유골은 이빨 몇 개와 아래턱 일부분이었다. 발견된 유골만으로는 긴꼬리족이 아닌 다른 종이라는 사실을 확정할 수 없었다. 얼마든지 고대의 긴꼬리족 선조들의 유골로도 해석할 수 있었다.

방사능 수치가 높은 특정 지역도 몇 곳 발견되었다. 넓지 않은 지역에 자연 방사능 수치보다 몇천 배가 높았고 지형도 인공물이 세워졌을 것으로 믿어지는 바닷가 주변이었다. 이들 바닷가 지역이 우라늄 광석이 묻힌 곳은 아니었지만 그럴 가능성도 배제할 수 없었다. 방사능 수치가 높은 이유에 관해서 여러 학설이 나왔다. 긴꼬리족은 원자핵의 붕괴 현상을 알았지만 관련 연구를 모두 금지시켜버렸다. 원자핵을 인공적으로 붕괴시키면 엄청난 에너지가 나온다는 이론은 알았지만 그것을 실현시킬 대규모 건설과 원료 채취를 금지한 것이다. 관련 정부 기관은 연구자가 원자핵과 관련해 제안한 시설과 투자를 금지하면서 만약 연구자의 이론이 현실에서 실현된다면 나타날 무서운 결과에 긴꼬리족이 책임질 준비가 되지 않았다는 것을 근거로 들었다. 여론의 지지를 등에 업고 정부 기관은 실험실에서 핵 이론을 검증할 소규모 장치만 허용하고 실험결과 역시 소수의 학자들만 공유하도록 조치했다.

바닷가 방사능 지역을 어떤 지성체가 만들었다면 이들은 긴꼬리족보다 더 뛰어난 과학기술을 지닌 종족일 수도 있었다. 이런 가설 또한 파빈은 철저하게 부정했다. 카말과 같은 연구팀의 선임연구원인 파빈은 긴꼬리족 이전에 어떤 지성체가 지구에 살았다는 사실은 허무맹랑한 상상에 불과하다고 일축했다. 파빈은 말했다.

긴꼬리족은 상상력이 지나치게 풍부합니다. 그게 긴꼬리족의 번창과 성공을 가져온 원인이기도 했지만요. 우리 이전에 어떤 지성체가 존재했다는 것은 한마디로 우리의 바람이고 꿈이고 신화입니다. 그렇게 되면 과거에 관한 스토리가 얼마나 풍성해지겠습니까. 소설과 시와 드라마를 만드는 사람들은 그런 엉터리 희망에 부풀어 있습니다. 고고학자는 과학자입니다. 그런 엉터리에 놀아나서는 안 됩니다.

파빈이 말하는 엉터리의 대표가 카말이었다. 카말은 지구 여러 바닷가에 나타나는 방사능 수치가 높은 지역이 우연일 리가 없다고 믿었다. 카말이 커피를 마시면서 연구원들 앞에서 그런 견해를 말하면 같은 선임연구원 직책인 파빈은 그 자리에서 상사라도 되는 것처럼 대놓고 카말을 면박했다. 자연 방사능이 높게 나오는 지역이라니까요.

연구원들 앞에서 모욕감까지 느끼게 하는 파빈의 말투에 몇 번 큰소리가 나기도 했다. 그 후로는 고대 지성체에 관한 이야기를 서로가 공개적인 자리에서는 꺼내지 않게 되었다. 문명연구소 소장이 카말의 주장에 동조하는 것이 다행이었다. 부소장은 파빈보다 더 열렬한 부정론자이지만 그는 소장의 위세에 눌려 그나마 조용히 지내는 편이었다.

아덴트 지역에서 낯선 지하 시설이 발견되자 카말은 기뻐했다. 자연휴양시설을 만들기 위해 땅을 파는 중에 발견된 지하는 비스듬히 내려가는 길과 수직갱의 이중으로 만들어져 있었다. 단단한 암반 지역이라서 이런 구조가 우연히 만들어질 수는 없었다. 문명연구소 고고학과는 정부기관에서 파견된 직원과 함께 지하시설을 탐사했다. 탐사 전에 지하 공간에 유기물과 병균을 옮기지 않기 위해 지상에 만든 임시 건물에서 소독 절차를 밟았다. 카말과 파빈, 파견직원 두 명은 방사능복을 입고 랜턴과 응급장비를 갖춘 다음 줄을 타고 입구에서 수직으로 70미터 지점까지 내려갔다. 카말은 어둠 속에서 흥분에 몸을 떨었다. 70미터 지점에서 옆으로 난 길을 발견했기 때문이다. 수직과 수평의 통로는 여기가 결코 자연적으로 생성된 지하가 아님을 밝히는 증거였다. 이런 카말의 흥분을 알았는지 파빈이 이동을 준비하면서 말했다. 수직과 수평의 통로라고 해서 반드시 인공물은 아니야. 카말은 속으로 치밀어오르는 욕설을 참고 마음을 다잡았다. 카말은 줄을 고정하고 지상에 도착 신호를 보냈다. 여기는 미지의 지하였다. 신화에 나오는 괴물이 지키고 있을 수도 있고 작은 실수가 치명적인 결과를 불러일으킬 수도 있었다.

카말은 한 발 한 발 안으로 들어가면서 오래전에 존재했던 지성체와 자신이 신비한 감정으로 연결되는 것을 느꼈다. 랜턴이 비추는 사각형의 통로 높이는 긴꼬리족 키보다 훨씬 높아 화물이 들어갈 수 있는 용도로 보였다. 단단한 암벽을 파서 만든 길은 오랜 세월이 지닌 해체의 힘을 이겨내고 지금까지 살아남았다. 여기가 고대 지성체가 건설한 곳이 맞다면 암벽을 파서 만든 이유가 있을 것으로 짐작했다. 갑자기 넓은 곳이 나왔다. 카말은 고개를 돌려서 한 바퀴를 빙 돌려보았다. 헬멧에 달린 헤드랜턴에서 내는 빛이 공간을 따뜻하게 훑고 지나갔다. 카말은 이곳이 오각형의 광장이라는 사실을 깨달았다. 카말의 가슴이 쿵쿵 뛰고 있을 때는 앞으로 이 지하공간이 고고학계에서 대논쟁이 벌어지는 장소가 되리라는 것을 꿈에도 생각하지 못했다.

지상에서 돌아오라는 신호가 왔다. 지하로 내려온 지 한 시간이 지났다. 카말은 지상으로 올라와서 기다리던 고고학 소장에게 긴꼬리족이 아닌 고대의 지성체가 만든 공간으로 보인다고 말했다. 이번에는 파빈도 꼼짝하지 못할 것이라고 생각했지만 아니었다. 파빈은 소장에게 인공물인 것은 분명하지만 긴꼬리족 선조가 만들었을 것이라고 보고했다. 카말은 파빈의 강력한 편견과 집착에 놀랐지만 파빈은 자신있게 말했다. 파빈은 카말을 흘깃 건너보더니 오각형 광장의 지상 5미터 지점에 고대 문자 람이 쓰여 있는 것을 확인했다고 밝혔다. 거기에 모인 고고학과 모든 사람이 강력한 망치에 얻어맞은 것처럼 침묵했다. 람 문자와 람 문명은 수수께끼와 신비에 쌓여 있었지만 긴꼬리족 선조가 만든 것은 틀림없었다. 람 문명지에서 수습된 유골은 긴꼬리족의 특징인 엉덩이 부분과 꼬리 연결 지점의 발달된 뼈 특징이 분명했다. 소장은 카말에게 시선을 돌려 람 문자를 확인했냐고 눈짓으로 물었다. 카말은 천천히 고개를 저었다. 가슴을 채웠던 지하공간의 건축미가 베푼 풍성한 영적 고양이 천천히 가라앉으며 다양한 질문과 의문이 올라왔다. 카말의 직관은 이곳을 고대 지성체가 만들었다고 말하고 있었다. 무슨 용도일까. 지하 70미터를 수직으로 내려가 수평으로 이어진 광장과 작은 방들을 먼 훗날의 긴꼬리족을 깜짝 놀라게 할 용도로 만들지는 않았을 것이다.

정부기관에서 공식 탐사단을 만들어 두 달을 조사했다. 카말과 파빈을 비롯한 문명연구소 팀은 탐사단에서 제외됐다. 발견될지 모를 물체와 자료에 관한 선입견이나 편향을 없애겠다는 취지였다. 고고학계는 그곳에서 무엇이 발견될지 모르는 정부의 두려움이 폐쇄적인 결정을 내리게 했다고 비판했다. 카말은 정부 공식 조사단에 무엇을 기대하지 않았다. 얼마 지나지 않아 지하 건축물이 고대 지성체의 작품이라는 주장과 긴꼬리족 선조의 미지의 문명이라는 주장이 펼쳐졌고, 논쟁은 점점 확대되어 긴꼬리족 선조들의 대담하고 위대한 고대 문명론으로 이어졌다. 파빈이 발견했다는 람 문자는 람 문자를 닮은 독특한 상형문자임이 밝혀졌으나 선조문명론을 이기기에는 역부족이었다.

긴꼬리족 선조들이 지하 건축물을 만들었다는 증거는 어디에도 없었지만 오히려 그 무증거가 역설적으로 긴꼬리족 선조들의 탁월함을 입증하는 범접할 수 없는 자료였다. 정부 공식 조사단의 보고서는 알쏭달쏭 해독하기 어려운 문서였다. 정밀한 건축물 측정 자료가 최대의 성과였다. 70미터를 수직으로 내려가서 수평으로 90미터를 더 가서 오각형 광장이 나오고 광장에서 각각의 방향으로 안으로 들어가면 암반을 깎아 만든 150개의 방이 나타났다. 방 숫자도 놀라웠지만 방 자체도 크고 높았다. 암반을 깎는 노력을 따져보면 엄청난 시간과 비용을 들여 무언가를 보관하는 용도로 만들었음이 분명했다. 건축물에서 방사능은 전혀 검출되지 않았다. 정부 조사단도 자연적인 건축물이 아니라는 건 인정하면서 어떤 결론도 내리지 않고 다양한 학설과 주장을 교묘하게 소개하는 데 그쳤다.

정부 보고서가 발표된 후에 카말은 문명연구소의 고고학 선배 연구원을 찾아갔다. 정년 퇴임 후에도 왕성한 연구를 하고 지칠 줄 모르는 체력으로 현장 탐사도 다니는 분이었다. 원로라고 부르면 펄쩍 뛰면서 꼭 선배라 부르라 하는 그분의 겸손하면서도 냉철한 판단을 들으면 카말은 늘 마음이 편안해지고 안정감이 들었다.

선배는 지하 건축물의 정부 보고서를 검토하고 검토해서 거의 외우다시피 하고 있었다. 선배는 카말에게 물었다. 암반의 경도가 최고 등급이야. 지진도 없는 안정 지반이고 산 중턱에 있어 홍수에도 안전해. 어떤 목적을 갖고 만든 게 분명해. 카말도 동의하는 분석이었다. 선배가 물었다. 어떤 용도였을 것 같아?

카말은 커피를 마시며 천천히 말했다.

상상력이 필요한 지점 같습니다.

그렇지. 상상력에다 직관을 더해야지.

카말이 말했다.

생존에 필요한 시설이 아닐까요.

맞아. 그들은 다급했어. 눈앞에 위험이 닥쳐왔으니까.

선배는 탁자 주위를 걸으면서 말했다. 기본적인 생활 욕구로 따지면 의식주 중에서 거주지는 아니야. 70미터를 내려가서 살기도 그렇고 방들도 거주용 시설은 아니야. 옷하고도 관련 없어. 남은 것은, 식, 먹는 거야. 선배가 말했다. 정부 조사단은 방 아래에 있던 물질을 가져와 검사해야 했는데. 뭔가 단서가 나왔을 거야.

위험이라면 어느 정도의 위험이었을까요.

선배가 씩 웃으며 말했다. 멸종에 가까운 위험. 그럴 때의 선배는 과거를 연구하는 고고학자보다는 과거를 점치는 점쟁이를 닮았다.

카말은 커피잔을 손에 쥐었다. 온기가 손에 전해졌다. 눈을 창문으로 돌려 구름을 바라보았다. 밝은 은회색 구름은 모양을 바꾸며 천천히 흘러갔다. 카말은 몸의 긴장을 풀고 먼 옛날로 돌아갔다. 지하 건축물의 정체를 알기 위해 한 번씩 해보는 사고 실험이었다. 백만 년, 오백만 년, 천만 년. 그 시절의 고대 지성체 중에도 사거리에 서서 종말을 외치는 예언자가 있었을까. 최후의 날을 대비해 지하에 벙커를 파고 식량과 물을 준비해 둔 종말론자가 있었을까. 선택받았다고 외치며 신자들과 함께 집단 자살을 감행한 신흥 교주도 있었을까. 무슨 이유에서인지 종의 죽음이 다가올 때 무엇을 저장하고 대비했을까. 극소수라도 멸종의 위험을 비켜서 살아남았을 때 그들에게 가장 필요한 것은.

뭔가가 카말의 머리에서 꿈틀대며 떠오르려고 애를 썼다. 완전한 형체가 되지 않은 무엇, 완전한 말이 되지 않은 단어. 그것들은 의식의 표면으로 올라오려고 애를 쓰다 다시 허우적대며 가라앉아 수면 아래로 들어갔다. 카말은 손을 깊이 넣어 수면 아래를 휘저었다. 미끌미끌한 무엇은 카말의 손에서 계속 빠져나갔다. 카말에게 떠오른 이미지는 110년 전에 일어난 대기근이었다. 봄과 여름까지 이어진 서늘한 기온으로 작황은 나쁠 대로 나빴는데 연달아 두 번의 강력한 태풍이 왔다. 긴꼬리족 780만 명이 굶어 죽었고 뒤이은 전염병으로 1300만 명 정도가 사망한 대참사였다. 정확한 사망 숫자는 알 수 없었다. 굶주림이란 공포는 긴꼬리족의 DNA에 깊숙이 각인되어 예술 작품과 역사의 배경에 깔린 커다란 그늘이 되었다. 지상과 지하에 건설된 식량 창고의 위용은 그날의 고통에서 태어난 유산이었다. 지하 건축물은 식량 창고로 쓰기에는 규모가 작고 운반하기 어려운 깊이였다. 그렇다면 식량과 비슷한 그것은 무엇일까. 해답은 생각지도 않게 기다림에 지쳤다는 듯 입에서 먼저 튀쳐 나왔다.

종자 보관소.

선배는 주먹을 불끈 쥐더니 카말의 손을 맞잡았다.

카말은 적절한 건조도와 견고함을 지닌 지하의 방들 그리고 구조와 깊이가 씨앗을 보관하는 최적화된 장소임을 순식간에 알아차렸다. 방의 개수를 따지면 이들은 식물의 분류와 보관에 뛰어났음이 틀림없었다. 카말은 자신이 예전부터 중요한 가설로 삼아왔던 고대 지성체의 존재를 확신할 수 있었다.

카말이 물었다.

정부조사단도 알지 않았을까요?

선배가 고개를 끄덕이며 말했다.

다음에 유물을 발견하면 정부에 절대로 넘겨주지 말아야 해. 정부는 골치 아픈 다툼에 끼이기를 꺼리고 은근히 긴꼬리족 고대 문명론과 손을 잡고 싶어 하니까.

며칠 동안 카말은 바닷가를 떠나는 꿈을 꾸었다. 유황천이 끓는 산 능선에서 카말은 바닷가를 돌아보고 능선을 따라서 아래로 아래로 내려갔다. 문득 카말은 풀이 가슴까지 자란 평원을 지나고 있었다. 우거진 풀숲 사이로 어디선가 맹수가 달려들 것 같아 카말은 조심조심 발을 옮겼다. 새가 풀숲에서 날아오르면 카말은 깜짝 놀라 몸을 바짝 웅크렸다. 한참을 걷다 카말은 긴장하면 빳빳하게 힘을 세워 서는 꼬리로 손을 뻗었다. 걱정할 것 없어. 상황이 뭔가 이상해. 이건 꿈일 거야. 꿈속에서 꿈이라고 밝히는 자신이 우스워 카말은 꼬리를 손으로 잡았다. 꼬리가 없었다. 카말의 불안과 초조를 표현하고 풀어주기도 하는 꼬리 자리는 매끄러웠다. 당혹감에 휩싸인 카말은 풀숲 사이에 몸을 세웠다. 바람이 강하게 불고 풀들이 바람에 흔들렸다. 끝없는 평원의 풀잎 사이로 햇빛이 조각조각 부서졌다. 카말은 엉거주춤 서서 꼬리가 있던 자리를 계속 매만졌다. 그 자리에는 길고 꼿꼿하며 품위 있게 서서 흔들던 꼬리 대신 뭉툭한 꼬리뼈만 만져졌다. 극심한 공포감이 몰려와서 카말은 풀숲에 주저앉아 무릎을 꿇었다. 꼬리가 없는 자신의 존재가 불안하기 그지없었다. 카말은 자신이 어디에서 왔는지 어디로 가야 하는지 방향을 잡을 수 없었다. 풀숲에서 움직이지 않는 사이에 해가 지고 캄캄한 어둠과 세찬 바람이 닥쳤다. 카말의 마음을 뛰게 했던 밤하늘의 별들도 그저 우왕좌왕하고 있을 뿐이었다. 가슴을 뚫는 공허감이 카말을 잠에서 깨웠다.

카말이 선명하게 기억나는 꿈의 장면을 되새기자 꿈의 막막함이 그대로 현실로 옮겨오는 것 같았다. 카말은 몸을 떨었다. 전위예술가 몇몇이 긴꼬리를 절제하는 수술을 받아 맨 엉덩이로 다니는 사건이 벌어진 것이 얼마 되지 않았다. 긴꼬리족은 수술에 경악했다. 카말도 충격을 받았으나 속으로 여러 생각이 들었다. 자신의 마음을 표현하는 긴꼬리가 부담스러웠을까. 아니면 언젠가는 긴꼬리도 사라지는 신체 기관이 되어 몸의 흔적으로만 남는 것일까. 고대 지성체는 긴꼬리를 달았는지, 아니면 짧은 꼬리나 맨 엉덩이였는지 궁금했다. 아니면 우리와 모습이 다른 네발짐승인지도 몰랐다.

며칠 후 지하 건축물을 둘러싼 토론회에서 카말은 꿈 이야기를 하면서 짧은 꼬리나 맨 엉덩이인 고대 지성체를 상상해보자고 말했다. 순식간에 청중들이 카말에게 적대적으로 변하는 것이 느껴졌다. 빳빳하게 선 청중들의 꼬리가 카말을 향해 창처럼 겨누는 게 마음속으로 보였다. 그 상태로 돌격 앞으로!의 나팔 소리에 따라 모든 꼬리 없는 것과 꼬리 짧은 것들을 향해 진격하는 긴꼬리족의 용감 대담한 이미지가 머릿속에서 그려졌다. 카말이 배웠고 여기 청중과 발표자 모두가 어린 시절부터 익혔던 선조의 정복사였다. 조금 전까지 지하 건축물이 고대 지성체의 종자 보관소라는 카말의 말에 청중들에게 퍼져나갔던 놀람은 순식간에 사라졌다.

발표자 5명 중 파빈이 마지막이었다. 발표에 나선 파빈은 앞선 발표를 마음껏 비웃었다. 카말이라고 이름을 부르지는 않았지만 청중과 발표자 모두는 대상이 카말임을 알았다.

여러분, 나는 지하 건축물에 들어가 보았습니다. 첫 탐사단 중 한 명이었습니다. 줄을 타고 깊은 지하로 내려가면서 나는 두려웠습니다. 미지의 물체와 마주한다는 건 긴꼬리족 누구에게나 마음 깊은 곳에 있는 공포를 깨우는 일입니다. 우리 조상들이 바닷가에서 출발해 화산지대를 지나 평원으로 진출하면서 느꼈던 두려움을 되돌아보게 됩니다. 수평 통로를 지나 오각형 광장에 도착하자 나는 탄성을 질렀습니다. 경이로운 건축물이었습니다. 숨막히는 광경이었습니다. 완벽한 오각형이었습니다. 우리 긴꼬리족 고고학자들이 찾아서 헤맸던 태양신 광장이 제 앞에 펼쳐진 것입니다. 우리의 자랑스런 신화 람바디아에서 태양신을 향해 공물을 드렸던 곳입니다. 신화의 처음이 기억나죠? "우리는 오각의 광장에서 태양신을 향해 무릎을 꿇었다. 바닷가에서 시작된 대장정을 지켜준 그분을 향해.” 광장 상단에 람 문자로 희미하게 ‘시작부터 끝까지 하나인 곳’ 글귀가 새겨져 있었습니다.

이 놀라운 장소를 미지의 지성체가 건축한 종자 보관소라는 주장을 펴는 긴꼬리족이 있습니다. 바닥과 천장과 벽 어디서도 그들은 말라 비틀어진 종자나 보관 기구 하나도 제시하지 못하고 있습니다. 이들을 긴꼬리족으로 불러도 될까요.

공감을 알리는 박자를 맞추는 박수가 구석에서 일어나 토론회장으로 퍼졌다. 그들은 공감하지만 반대 주장을 배제하지 않는 투바이 박수를 통해 토론회 분위기를 이끌었다. 교양 넘치는 긴꼬리족다웠다.

다음 날 카말은 도자기공에게서 전화를 받았다. 그는 도자기 빚기에 좋은 흙으로 유명한 진소전에서 도자기 가마를 운영하고 있었다. 자신이 어제 토론회에 참석했다는 도자기공은 긴꼬리족의 종족주의에 뿌리 깊은 절망감을 느꼈다고 말했다. 지구에서 긴꼬리족만이 유일한 지성체라는 건 오만이죠. 연락한 건 토론회 때문이 아닙니다. 여기 땅에서 뭔가 특이한 것을 발견해서입니다.

문명연구소에서 진소전까지는 자동차로 두 시간이 걸렸다. 도자기공은 자신 소유의 산 끝자락에서 도자기를 구울 흙을 파던 중 특이한 것을 찾았다. 카말이 보기에도 고대와 관련된 것이며 긴꼬리족과는 관계가 없어 보였다. 진소전 주변에서 긴꼬리족과 관련된 유물이 발견된 적이 없기도 했다. 카말은 가까운 대학 고고학과에서 일하는 후배 연구원 두 명을 불러 발굴 작업을 시작했다. 발굴 시작부터 물체를 꺼낼 때까지 연구원이 촬영하고 기록을 남겼다. 유적의 지표조사를 하고 출토 위치와 공간 배치를 도면으로 확정했다. 도르래를 사용해 끌어올린 묵직한 물체를 차에 옮겨 싣고 카말은 도자기공에게 계약서를 쓰고 매수대금을 지불하겠다고 말했다. 도자기공은 손사래를 치며 돈을 받자고 알린 게 아니라고 했다.

카말이 말했다. 매매를 해야 개인 소유물이 되어서 정부가 개입을 못합니다. 꼭 받으셔야 합니다.

문명연구소로 가져온 물체는 단박에 고고학과에서 이슈가 되었다. 물체를 감싼 물질이 도대체 뭔지 알 수 없었다. 얇은 막처럼 보이는 물질로 수십 겹을 감아서 단단하기가 강철 같았다. 예전에 동굴에서 발견된 시신 아래에 깔린 푸른 받침대와 비슷한 물질이 아닐까 하는 가설이 제기되었다. 물성과 색깔이 다르다는 반론이 잇따랐다. 카말은 물질 정보가 있는지 재료공학과 소재 공학

전문가 모임에 문의를 냈다. 한 명에게서 연락이 왔다. 화학자는 자신이 연구하고 발명한 물질과 유사한 것 같다고 답했다. 화학자는 자신이 발명했던 견본품을 들고 문명연구소로 찾아왔다. 물체를 감싼 물질을 조금 잘라서 화학자가 가져온 견본품과 함께 실험실에서 물성 점검을 했다. 둘은 같은 물성을 지닌 고분자화합물이었다. 화학자가 말했다. 이 물체는 고대의 지성체가 만든 게 맞네요. 긴꼬리족은 아닙니다. 제가 이 고분자화합물로 특허와 생산을 신청했는데 당국이 거절했으니까요. 제가 최초의 발명가인 줄 알고 자부심을 키웠는데 접어야겠네요.

카말이 물었다. 이 물질을 어떻게 만든 거죠.

깊은 땅속에 걸쭉하고 검은 액체가 있습니다. 그 액체를 고온에서 증류시켜 온도별로 추출해서 화학물질을 섞으면 다양한 물성을 가진 물체가 탄생합니다. 카말이 물었다. 액체를 어디서 구하죠. 시추를 땅속 깊이 해야 합니다. 연구용으로 소량 거래가 가능해요. 당국에서는 왜 발명 허가를 내주지 않죠? 반영구적으로 오래가니까요. 썩지 않고 분해가 잘되지 않죠. 당국이 새로운 발명품에 얼마나 적대적인지 말도 못해요. 긴꼬리족의 역사성에 조금이라도 어긋나면 모조리 불가죠. 고대 지성체가 이 물질을 만들었다면, 화학자가 말했다. 그들은 대단한 문명을 지녔다고 봐야 합니다. 문명연구소 이름에 딱 맞는 물체를 구했습니다.

포장한 방식이 이상하지 않나요. 아무리 반영구적으로 오래가는 물질이래도 이렇게 노출시키는 건……. 화학자는 포장지를 쓰다듬으며 말했다. 이대로 묻지는 않았을 겁니다. 강철로 된 금고 같은 데 넣어서 보관했겠지요. 약 천만 년 전에 산성비가 몇십만 년 동안 내렸다는 최신 연구 결과를 아시지요? 지층에 그때의 흔적이 새겨져 있죠. 산성비가 웬만한 물체나 건물은 부식시켰을 겁니다. 고대 지성체가 만든 유적이 발견되지 않는 이유죠. 제가 추측하기는 그렇습니다.

카말은 날카로운 공업용 절단기로 한겹 한겹 막을 벗겨냈다. 은색으로 빛나는 금속 상자가 나왔다. 모두 30개의 반짝이는 금속 상자를 두고 화학자가 말했다. 고대 지성체가 만든 금속입니다. 녹이 잘 슬지 않는 재질에다 특수 도금을 했을 가능성이 큽니다. 문명연구소 소장과 고고학과 연구진들이 모여 상자 해체 작업을 지켜보았다. 이틀이 지나 상자를 절단해서 안의 내용물을 꺼냈다. 내용물은 다시 두툼한 고분자화합물로 싸여 있었다. 카말이 말했다. 혹시 내용물에서 고대의 세균 같은 게 나오지는 않겠지요. 문명연구소 소장이 말했다. 미래로 세균 덩어리를 보내기 위해 이렇게 복잡하고 어렵게 포장을 하지는 않겠지. 실험실은 폐쇄되어 있으니까 여차하면 우리는 모두 격리되는 거야. 그럴 가능성은 희박해. 물체를 둘러싼 고분자화합물이 마지막 고비였다. 마지막 고분자화합물을 제거하자 첫 번째 물체가 나타났다. 카말을 둘러싼 모두가 탄성인지 신음인지 소리를 질렀다. 내용물은 구운 도자기 판이었다. 가로 40센티, 세로 30센티의 크기로 도자기 판 양면 가득히 알 수 없는 문자가 새겨져 있었다. 오래전의 고대 지성체가 남긴 것은 기록이었다.

문명연구소 소장이 말했다.

세균덩어리가 아니라서 다행이야.

문명연구소 언어학자가 도자기 판 글자를 살펴보고 고개를 흔들었다.

긴꼬리족 소수민족 언어는 아닙니다. 처음 보는 문자입니다.

계속 반복되는 똑같은 소수의 단순한 기하학적 형태로 구성된 문자였다.

누군가가 말했다. 암호일 수도 있지 않을까요.

화학자가 말했다. 뭐가 됐든 아침 식단과 주말 날씨는

아니겠지요.

네모난 집 모양을 닮은 글자들은 동그라미와 네모, 수직선과 수평선이 많았다. 언어학자가 수평 혹은 수직선에 작은 기호가 붙은 글자는 모음으로, 더 짜임새 있는 기호로 표시된 것은 자음으로 보인다고 추정했다. 고대 문자판을 발견했다는 소식은 나라에 순식간에 퍼졌다. 정부에서 정중하게 문자판을 기부할 것을 요청했다. 카말이 단호하게 거부하자 정부는 공동연구를 제안했다. 카말은 거절했다. 정부는 문자판을 얼토당토않게 해석하거나 시간을 끝없이 질질 끌어 불가사의한 긴꼬리족 고대문명의 신비 얘기로 둔갑시킬 가능성이 높았다.

몇 달 동안 문명연구소의 언어학자와 고고학자가 달려들어 파헤쳤지만 실패한 끝에 도자기 판 문자를 모든 연구소와 대학에 공개하기로 결정했다. 언어와 암호를 다루는 대학교수와 연구원들 역시 벽에 부닥치기는 마찬가지였다. 도자기 판은 입을 굳게 다물고 지금까지처럼 침묵에 잠겨 있었다. 누가 자신의 비밀을 알아내면 저주를 내려 관계자 모두를 죽이려 들지도 몰랐다.

문명연구소의 후원자가 상금을 내걸고 해독을 공모하자고 제안했다. 이대로면 긴꼬리족 산악 민족이었던 민두스어나 바라판어처럼 해독하지 못해 영영 미궁에 빠져버릴지도 모르니 거액의 상금은 자신이 부담하겠다는 말이었다. 소장과 고고학과장은 귀가 솔깃한 모양이었다. 거액을 걸고 공모 해법에도 실패하면 그건 우리의 능력 부족이 아니라 입을 다물고 자신의 비밀은 손톱만큼도 내비치지 않는 도자기 판의 잘못이었다. 번잡하고 거창하게 도자기 판을 기이한 물질로 감싼 정체를 알 수 없는 자의 이룰 수 없는 착각이었다. 도자기 판을 만든 누군가는 후대에 오는 문명이 너무 수준 높다고 생각한 것은 아닐까.

그 사이에 도자기 판의 문자는 패션회사에서 모자와 옷의 도안으로 사용되었다. 거리에서 문자 몇 개를 조합해서 상징으로 쓴 모자를 부딪칠 때마다 카말은 깜짝 놀랐다. 포장지의 도안으로도 사용되었고 잘 팔리는 책의 표지에도 사용되었으며 음료수병과 가게 간판으로도 사용되었다. 마침내 한 신문사가 이 문자는 긴꼬리족의 위대한 고대문명과 어떤 형태로든 연결되어 있다고 선언하면서 문자를 변형시킨 로고를 신문사의 상징으로 삼는다고 발표했다.

문명연구소는 문자 해독에 공개 현상금을 내걸어야 한다는 막다른 골목에 점점 몰리고 있었다. 이는 만천하에 문명연구소의 무능을 공표하는 것과 같아 소장은 결정을 내리지 못하고 있었다. 아직 문자가 그림문자인지 표의문자 또는 표음문자인지도 풀리지 않고 있었으며 문자를 가로로 읽어야 하는지, 위에서 아래로 읽는 방식인지도 고민이었다. 도자기 판을 감싼 첨단 화학과 금속 재질을 보면 제작자의 역량이 뛰어난 것으로 추측되고 표음문자로 보였지만 암호처럼 표의와 표음을 섞어 쓴 것일 수도 있었다.

카말은 며칠을 잠을 못 자 눈이 부은 상태로 일어났다. 카말은 놀이터로 내려가 벤치에 멍하니 앉아 있었다. 아이들 통학버스가 놀이터 앞에 서자 줄지어 기다리던 아이들이 올라탔다. 친구들과 큰 소리로 떠드는 그들의 앙증맞은 긴꼬리가 즐겁게 흔들렸다. 부모들은 아이들을 보내고 커피를 한 잔씩 사서 카페 벤치에 앉았다. 따스한 늦봄의 햇살이 카말에게 내리쬐어 슬그머니 졸음이 몰려왔다. 제법 큰 놀이터는 끝에 어른들이 운동할 수 있는 운동 도구와 벤치가 있었고 놀이터 중앙에도 아이들과 부모들이 쉴 수 있는 천장이 붙은 쉼터가 있었다.

카말은 쉼터에 앉아서 물끄러미 아이들이 미끄럼틀을 내려오고 그네를 타고 뛰어다니며 술래잡기를 하는 모습을 지켜보곤 했다. 아이들을 지켜보면 신기하게도 우울한 기분이 가시고 뭔가 힘이 났다. 따뜻한 햇볕에다 커피의 효력 때문인지도 몰랐다. 반백의 머리칼에 미소를 띤 놀이터 청소부가 반갑게 인사를 했다. 오랫동안 놀이터에서 카말과 이런저런 이야기를 나눈 사이였다. 아이들이 놀이터에 먹을 것과 음료수를 버려두어도 아이들에게 큰소리 한 번 내지 않고 정리를 하곤 했다. 저 나이 때의 아이들은 다 그런 법이니까요. 나도 어린 시절에 얼마나 짓궂게 놀았는지…….

벤치에 앉은 청소부는 카말에게 위로를 건넸다. 요즘 도자기 판으로 고생이 많지요. 아시는 모양이군요. 나라에서 도자기 판을 모르는 사람이 있을까요. 문자는 해독이 잘 되는가요.

카말은 오래 봐왔던 청소부에게 마음 편안하게 고민을 털어놓았다.

실마리가 도대체 풀리지 않아요. 단서가 없어요. 죽을 지경입니다.

청소부가 말했다.

왜 단서가 없을까요. 문자가 너무 쉽기 때문 아닐까요. 도자기 판을 만든 자의 입장에서는 그렇다는 말이지요. 문자를 음소별로 나누면 20개에서 30개 사이의 기본 음소가 나올 겁니다. 이해하기 쉬운 글자이기 때문에 도자기 판을 만든 자는 발견자가 해독을 못한다는 생각을 꿈에도 못 한 거지요.

청소부는 말을 이었다. 도자기 판을 만든 자는 먼 후대에 꼭 물려줄 말이 있어 제작한 거겠지요. 뭘 말하고 싶었을까요. 청소부는 아이들을 가리켰다. 아이들이 모두 사라지는 세상이 되었다면 얼마나 후회가 컸을까요. 그는 그 이유와 교훈을 적었을 겁니다. 만약 운석이 떨어져 세상이 멸망했다면 그건 어쩔 수 없는 일이지만 충분히 예상한 일을 막지 못했다면 다릅니다.

그래서 도자기 판에 가장 많이 나오는 단어는 '멸종'이 아닐까요. 키워드죠. '미래'와 '후회' '잘못'도 앞에 나올 겁니다. 글을 쓰는 사람은 주어를 앞에 놓지요. 우리도 글을 쓸 때 우리 긴꼬리족은… 이렇게 시작하지 않나요. 문자 빈도수를 조사할 필요가 있습니다.

카말은 멸종 단어가 가장 많이 나올 거라는 점을 곰곰이 생각했다. 그런 단순한 생각이 왜 떠오르지 않았는지 이상할 정도였다.

청소부가 말을 계속 이었다.

도자기 문자판을 구운 사람의 마음으로 보면 먼 후대의 지성체에게 보내는 그의 의지와 생각이 느껴질 겁니다.

카말은 청소부에게 다급하게 물었다.

혹시 선생님은 그런 마음을 느끼는가요.

청소부가 고개를 끄떡이며 말했다.

조금은요. 머리맡에 문자 서류를 놓아두고 자기 전에 살펴봅니다. 딸이라면 어떻게 해석했을까 하는 마음으로 물어봅니다.

딸이 무슨 일을…….

언어학을 공부했어요. 내가 권했죠. 사고로 죽었습니다. 장래가 촉망되는 학자였지요.

멸종이 키워드였다. 반복되는 글자의 뜻을 가정해서 단어에 맞는 경우의 수와 조합을 만들어 수십만 회의 시뮬레이션을 돌리자 앞 문장에서 한 줄씩 풀리기 시작했다. 앞 문장은 청소부가 말한 대로 멸종에 처한 고대 지성체가 후대에 나타날 지성체에게 보내는 반성과 호소였다.

도자기 판을 만든 사람은 시인이었다. 그는 자신의 종족이 쓰던 소리글자로 자신 세대의 마지막을 알렸다.

이 언어는 음소로 분해하면 금방 이해되는 쉬운 글자입니다. 이 도자기 판을 열어보는 훗날의 지성체는 어렵지 않게 내용을 파악할 수 있을 것입니다.

시인은 사피엔스라고 불리던, 한때 지구에서 가장 번성했던 종족의 마지막을 이렇게 말했다. 석유와 석탄 등 화석연료를 많이 쓰고 끝없이 물질적 욕망을 채운 결과 우리에게 기후위기와 축산 농장에서 키우던 돼지와 닭에서 발생한 바이러스가 닥쳤습니다. 우리는 지구에서 태어났으나, 지구와 함께 살지 못하고 지구를 해치는 종족이 된 것입니다. 기후위기와 바이러스는 어느 쪽이 먼저랄 것 없이 동시에 닥쳤습니다. 식량 생산이 급감하고 동토의 땅이 녹으면서 고대의 바이러스와 메탄도 함께 전 세계로 퍼졌습니다. 여러 종류의 바이러스는 계속 변종하면서 인류를 멸망으로 몰고 갔습니다. 의료 시스템이 무너지고, 국가의 통제력이 상실되고 개별로 뿔뿔이 흩어진 부족은 한 무리씩 죽어갔습니다.

도자기 판은 사피엔스의 역사를 간략히 기술하고 그들이 이룩한 과학기술의 발달도 함께 적어놓았다. 빛과 원자의 성질과 전파와 컴퓨터와 로켓과 같은 과학기술에 긴꼬리족은 전율했다. 긴꼬리족 과학자들은 난제였던 오랜 과제를 천만 년 이전 미지의 고대 지성체가 해결해둔 것을 보고 충격에 빠졌다. 동시에 그렇게 뛰어난 사피엔스가 멸종을 피하지 못했다는 점에 더 큰 충격을 받았다.

문명연구소는 풀지 못한 문장과 단어의 뜻을 추측하고 고증해서 3가지 판본으로 번역문을 발표했다. 민간과 대학에서도 독자적으로 해석한 여러 판본을 내놓았다. 시인이 도자기 판을 남긴 기본 뜻은 어느 판본에서도 큰 차이가 없었다. 파빈을 비롯한 일부는 달랐다. 그들은 도자기 판을 선조 긴꼬리족이 태초와 종말이라는 양과 음의 세계 정수를 담기 위해 안간힘을 쓴 계시로 해석했다. 파빈은 도자기 판 문자를 선조들이 쓴 우주와 지구 탄생 신화로 이해하고 그에 맞게 해석했다. 카말이 그들 주장을 반박하면 그들은 초점에서 벗어난 주장을 횡설수설하며 떠들다가 갑자기 무서울 정도로 침묵했다. 정부에서는 도자기 판을 국보로 지정했고 문명연구소에 국립박물관에 기증할 것을 요청했다. 문명연구소는 정부의 제안을 거부하고 민간 기부를 받아 독자적인 전시관을 지었다.

전시관은 조금 어두웠고 입구에 들어서면 파도 소리가 들리면서 천만 년 전의, 긴꼬리족이 바닷가에서 조개를 돌로 깨서 먹고살던 시절의 분위기를 자아냈다. 유리관에 전시된 30개의 도자기 판은 옅은 조명을 받았다. 가슴 높이의 검은 단 위에 세워서 엄숙하게 전시된 황토색의 도자기 판은 글자체와 한 몸으로 뭉쳐 아우라를 뿜어내었다. 천만 년이라는 세월을 건넌 고대 지성체의 작품이 자신을 쳐다보는 긴꼬리족 한 명 한 명에게 너는 어떤 존재인가를 묻는 것 같아 전시관을 나온 긴꼬리족 관람객은 한참을 하늘을 쳐다보고, 전시관 앞의 정원을 거닐고 나무를 어루만지며 시간을 보냈다. 어떤 관람객은 도자기 판의 아우라에 눌려서, 또는 감격에 북받쳐 쓰러지기도 했다. 도자기 판은 사피엔스와 긴꼬리족 사이에 균열이 아니라 영원에 가까운 희열을 선사했다.

도자기 판을 만든 이는 자신이 시인이라는 사실만을 밝혔을 뿐 아무런 정보도 남기지 않았다. 시인은 자신의 종족인 인류의 멸종을 슬퍼하면서 먼 훗날 대자연의 진화 수레바퀴에 올라타서 지성체가 될 종족에게 아낌없는 격려와 축복을 보내며 판의 마지막을 이렇게 끝맺었다.

"대자연과 그대는 한 몸이니 우리가 저지른 오만과 욕심을 거울삼아 오래도록 행복하게 지내기를 바랍니다."

카말은 연구실에서 걸어와서 자주 전시관을 들렀다. 도자기 판과 문자는 때로는 그를 격려하기도 하고 때로는 그에게 다정한 말을 건네기도 하면서 멀고 먼 옛 종족과 함께 살아 있다는 감정을 카말에게 선사했다. 그럴 때면 카말의 긴꼬리는 즐거움을 못 이겨 살랑살랑 흔들리면서 응답하곤 했다.

유라시아 탑승권

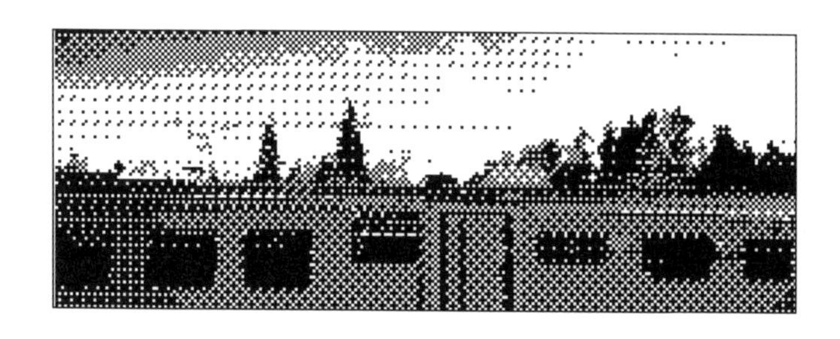

1

우편함에 푸른 비닐봉투가 꽂혀 있었다. 구민숙은 비닐봉투를 꺼내고 우편함 안으로 손을 넣었다. 재산세 납부서와 대출 광고지가 손에 잡혔다. 그녀는 눈살을 찌푸리며 낡은 아파트에 물린 납부세액을 살펴보고 광고지의 대출 가능 금액을 훑어보았다. 승강기에 타서 12층을 눌렀다. 승강기 벽은 주차 단속 공지와 부녀회에서 판매하는 농산물 광고, 층간 소음 안내까지 빼곡하게 차 있었다. 강아지를 안은 주민이 승강기 안쪽에서 머리를 숙여 인사했다. 구민숙은 안내문을 일별하고 주인 품에 안긴 강아지에게 피곤한 눈을 돌렸다. 강아지는 주인의 인사에 덩달아 꼬리를 흔들며 목을 내밀었다. 구민숙은 한 발 뒤로 물러나서 문쪽으로 몸을 붙였다. 털에 윤기가 흐르는 강아지는 온몸이 쑤시는 구민숙보다 아무래도 팔자가 좋아 보였다.

구민숙은 아픈 허리를 쭉 펴며 비닐봉투를 식탁에 던졌다. 학교 급식 조리실은 온종일 서서 허리를 숙이고 있어야 하는 전쟁터였다. 오후 4시쯤 퇴근해서 집으로 오면 무릎과 허리가 아프고 쑤셨다. 머리에 깍지를 끼고 몸을 쭈욱 폈다. 거실에 걸린 호수 그림을 쳐다보았다. 푸른 호수 뒤 멀리로 눈을 머리에 인 산들이 서 있었다. 어디 호수를 그렸는지는 모르지만 그림을 바라보면 마음이 편안했다. 식탁에 앉아 비닐봉투를 찢고 내용물을 꺼내 들었다. 먼저 손에 잡힌 것은 표지가 화려한 팸플릿이었다. 축하드립니다 글귀가 눈에 들어왔다. 구민숙은 축하라는 말에 감탄하거나 흥분하지 않을 만큼 충분히 인생을 살았다. 그녀는 남편과 결혼했을 때 가장 많은 축하를 받았다. 귀가 물리도록 축하 인사를 들었으나 결혼생활은 한 해가 가고 아이가 커갈수록 어긋나고 간격이 벌어졌다. 남편은 무거운 컨테이너를 운반하는 차량 기사답게 입과 행동이 무거웠고 날이 갈수록 소통이 안 될 정도로 더 무거워져 갔다. 비 오는 고속도로에서 가드레일을 들이받은 컨테이너 차량이 뒤집히면서 남편이 죽지 않았더라면 구민숙은 이혼하고 말았을 것이다. 구민숙은 장례식장에서 이런 상념에 빠지는 자신을 질책하면서도 어딘가 작은 구멍으로 후련한 감정이 새어 들어오는 것에 질겁했다.

팸플릿 표지에서 광대한 초원을 달리는 열차는 무척 잘생겼고 기품 있어 보였다. 그녀는 왼손으로 아픈 오른 어깨를 두드리며 팸플릿을 열었다. 부산-유라시아 횡단 열차의 내부가 군침을 돋우는 음식처럼 펼쳐졌다. 난방과 냉방이 되는 침대 객실은 원목으로 마감되었고 산뜻한 알루미늄 손잡이가 달렸다. 접히는 탁자에 통창으로 바깥 경치가 훤했다. 화장실 옆에는 샤워실이 붙었다. 객차 외관은 크롬으로 마감해서 반짝반짝 빛났다. 구민숙이 앉은 국물과 커피 자국이 배인 삐걱대는 식탁과는 격이 몇 광년은 떨어져 있을 것만 같았다.

그녀는 앙증맞게 흰 리본이 달린 초대장을 꺼내 들었다. 구민숙의 인생에서 좀체 보기 힘든 단어였다. 그녀는 지금까지 누구에게 모임에 참가해달라는 연락을 받아본 일이 없었다. 있긴 있었다. 고등학교 졸업 30주년을 기념하는 홈커밍데이라는 요사스런 1박 2일 행사에 초대를 받았었다. 그녀는 동창회가 통째로 빌린 회사 연수원

마당에서 타오르는 모닥불을 바라보며 종일 동창들의 자랑을 들었다. 구민숙은 자신들의 풍족하고 위세 좋은 삶을 주워섬기느라고 여념이 없는 동창들을 향해 감탄사와 함께 축하의 박수를 쳐야만 했다. 그녀는 고등학교 졸업 후 번쩍이는 지위와 돈을 쟁취하는 데에 불과 30년밖에 걸리지 않는다는 사실에 기겁을 하면서, 자신이 무능하고 시대 흐름에 뒤떨어져서 보도 블록 사이에 끼여 자라는 잡초 같다는 느낌을 받았다.

비닐봉투의 초대장은 '부산-유라시아 대륙 열차 위원회'가 보낸 것이었다. '90년 동안 끊어졌던 부산-유라시아 대륙 열차 운행을 시작합니다. 시범 운행에 귀하를 초대할 수 있어 기쁩니다. 출발하는 날 아침 밝은 미소로 뵙겠습니다.' 부산에서 출발해서 중국과 모스크바를 지나서 베를린에 도착하는 14박 15일 일정이었다. 이르쿠츠크에서 1박을 하면서 바이칼 호수를 다녀오고 모스크바와 상트페테르부르크에서도 1박을 하면서 도시를 둘러본다고 했다. 무엇보다 모든 비용이 무료였다. 출발 일자는 5월 15일이었다.

아들 방문이 벌컥 열리고 허시환이 거실로 나왔다. 구민숙이 말했다.

"아들. 오늘은 도서관 안 갔네."

"오늘 도서관 내부 수리야."

도시 곳곳에 갈 수 있는 도서관과 독서실이 넘친다는 말을 구민숙은 속으로 삼키며 덕담을 보탰다.

"그래. 공부하느라 고생이 많다."

"엄마. 갈수록 힘들어. 회사들은 이제 경력사원만 구한다니까. 회사 쪽은 종쳤어."

검정 추리닝 차림의 허시환은 식탁 의자에 털썩 앉았다.

"벌써 저녁 시간이네. 엄마는 배 안 고파?"

"전혀."

"오랜만에 엄마가 차려주는 밥 먹고 싶은데."

"이틀 전에도 내가 밥 차려줬는데."

"하루만 지나도 오래 흐른 것 같아. 엄마가 차려주는 밥이 워낙 맛있으니까."

구민숙은 넉살이 쑥쑥 느는 아들을 물끄러미 쳐다보았다. 동료 네 명과 같이 540명의 초등학생 밥을 죽도록 챙겨주고 오면 원 톱 아들의 밥 마련이 기다리고 있었다. 똑같은 식사라도 볼이 부풀어오른 채 밥 먹는 어린 아이들의 모습은 손으로 어루만져주고 싶지만 아들의 밥 청구에는 유리를 긋는 소리 같은 날선 반응이 먼저 일어났다.

허시환은 식탁에 널린 팸플릿과 초대장을 심드렁하게

뒤적이더니 놀라서 소리를 높였다.

"엄마. 이거 유라시아 열차 초대장이잖아." 허시환은 구민숙이 뭐라 대꾸하기도 전에 부산에서 제일 핫한 소식이라며 급하게 말을 이었다. "부산 시민 중에 추첨을 해서 30명 가족에만 기회가 온다는…… 로또에 버금가는 초대장이라니깐. 엄마는 이거 몰랐어? 거리에 현수막만 해도 얼마나 걸려 있는데……."

구민숙의 세계에 그런 핫한 소식이 비집고 들어올 자리는 어디에도 없었다. 구민숙의 세계는 쌀과 무우, 돼지고기와 양파로 구성되어 있고 매일 바뀌는 급식 메뉴에 따라서 하루마다 변동하고 있었다. 그 세계는 뜨거운 물과 파란 가스불과 급식판이 대열을 지어 위세 좋게 정렬해 있고 무릎과 어깨와 허리 통증이 둘러싸고 있었다. 불과 물의 세계로 불려도 좋을 그곳을 떠나면 그저 쉬고 싶을 뿐이었다.

구민숙이 솔깃해서 말했다.

"유라시아? 영도 다리 밑에 있는 유라리 광장, 거기하고도 관계 있는 거야?"

"그렇죠. 유라리 광장하고도 통하네요."

"그래. 우리 가족 세 명이 다 간다는 거야. 어디 보자. 어디 어디를 간다는 거지?"

허시환이 초대장을 펼치며 말했다.

"엄마도 참. 여기를 봐. 여기를."

구민숙은 미간을 찡그리며 초대장에 얼굴을 들이밀었다.

"어디 보자. 아니, 왜 글자를 이렇게 작게 써 가지고는…. 가족이 의논해서 선정된 1명만 탑승권을 받을 수 있습니다. 탑승권 숫자가 모자라 이렇게 제한한 점을 너그럽게 이해해 주시기 바랍니다. 가족애 넘치는 의논과 결정을 고대합니다."

1명만 갈 수 있는 초대장이었다. 허시환은 초대장 문구를 손가락으로 짚어가며 그렇게 하면 인원이 2명으로 늘어나기라도 하는 것처럼 꼼꼼하게 읽고 있었다. 구민숙은 이렇든 저렇든 자신이 가는 건 당연하다고 생각했다. 아이들도 엄마가 고생하는 걸 잘 알고 있었다. 아들이 취직만 빨리 되었으면 월급을 털어서라도 급식 조리의 세계에서 허우적거리는 엄마를 여행지로 보내주었을 것이다.

현관문이 쾅 닫히는 소리가 났다. 구민숙이 딸 허수아에게 문이 닫힐 즈음 살그머니 손을 놓으라고 아무리 말해도 저 문 닫는 버릇은 고쳐지지 않았다. 중문인 철문을 잡아당겼다가 그냥 놓아버리면 큰 소리가 나면서 진동이 퍼진다. 옆집이나 윗집으로 쾅 소리가 넘어가 불쾌한 소음으로 울릴 것이다. 새벽 2시에 들어와도 문을 닫는 그 버릇은 여전해 구민숙은 늘 조마조마했다.

허수아가 말했다. "저녁 먹는 줄 알았는데… 밥때가 아직 멀었어요?"

구민숙이 말했다. "야. 넌 어젯밤 뭐 하다가 이제 들어와서는… 밥부터 찾아. 걱정했지요, 인사부터 해야 되는 거 아냐."

허수아가 말했다. "아휴. 내가 가긴 어딜 가. 동업자 오피스텔에서 잤어. 어제 영상 편집을 11시간이나 했더니 컴퓨터 앞에서 침 흘리고 자고 있더라니까."

"그래. 장하다. 그래서 거 뭐냐. 유튜브에 영상 올리기는 했어."

"지난 달엔 쫄쫄 굶었는데, 이번 달에는 브랜디드 광고가 두 개나 붙었어."

"뭔지는 모르겠지만 고생은 한다는 거네."

허수아가 언성을 높이며 말했다. "엄마는 딸이 하는 일을 평가 좀 해줘. 딸 직업이 뭔지 알긴 아냐고?"

"직업? 유튜브에서 맨날 노는 게 직업이라고?"

"내 직업은 유튜브 크리에이터라니까. 크리에이터! 딸의 일을 제발 존중해주세요."

"직업이라면 아이들 밥 먹이는 내 직업이 최고지. 청소하는 직업도 좋아. 아이들 밥을 먹여서 펄펄 뛰게 만들고, 세상을 깨끗하고 가지런하게 하는 청소는 얼마나 좋아. 여의도에서 싸움만 하는 정치꾼들보다 백배나 고상하지. 너희들도 집에 와서 밥부터 찾잖아. 네가 키우는 강아지와 고양이의 반만큼이라도 가족을 챙겨 보라니까. 그 강아지와 고양이들이 밥을 먹여줘, 청소를 하기라도 해."

"우리 강아지 견견이와 당당이는 우리에게 밥을 먹여준다니까. 이번에 견견이가 병아리와 앵무새와 노는 동영상, 조회 수 17만을 넘겼어. 그들이 우리 밥벌이를 하게 해준다니까."

허수아는 뭐지 하며 탁자에 놓인 부산-유라시아 초대장을 손에 들었다. 허수아는 비타민 음료병을 따서 마시고는 초대장을 들고 얼굴이 환하게 밝아졌다. 허수아와 친구가 함께 하는 유튜브 채널 <견견이와 당당이>는 좀처럼 구독자 3만을 넘어서지 못하고 있었다. 구독자 수 1만 5천까지는 유기견 임시보호 영상으로 치고 올라갔다. 그 후로는 임시보호 하던 유기견 중 두 마리를 입양해서 견견이와 당당이로 이름 붙인 생활 동영상으로 3만까지 올라갔었다. 강아지가 즐겁게 사는 모습과 존재로 허수아의 삶이 행복해지고 그와 함께 돈도 벌 수 있다는 건 그야말로 신세계였다. 허수아는 유튜브야말로 신이 한국의 청년들에게 준 선물이라 믿어 의심치 않았다. 교육과 여행, 게임과 영화, 육아와 먹방과 같은 장르별로 활동하는 크리에이터 세계는 치열한 경쟁과 고민을 통해 생존하지만 적어도 회사에 다니면서 얻는 인간관계의 실종이나 환멸과는 비교가 되지 않았다.

허수아는 처음 다닌 직장의 팀장이 도저히 잊히지 않았다. 팀장의 요구를 만족시키려 새벽 1시까지 주말도 없이 일하고 또 일했다. 잠깐 쉬면서 생각에 빠지면 팀장 얼굴이 떠올랐고 꿈속에서도 지긋지긋하게 쫓아다녔다. 매일 팀장에게 포격을 당하는 것 같은 이런 걸 트라우마라고 하나. 허수아는 벗어나지 못하는 회사라는 공간에서 무시무시한 괴물과 공존하며 뜯어먹히지 않으려 애를 쓰는 것을 직장 생활로 부른다는 사실에 그저 놀랄 뿐이었다. 선배들에게 어려움을 호소하면 의류 회사는 트렌드를 쫓아가야 하기에 원래 빡센 업종이고, 직장 생활 초기에는 누구나 힘들다며 조금만 더 견뎌보라고, 그 팀장이 성질이 더럽지만 최악은 아니라는 그다지 도움 되지 않는 답변이 돌아왔다. 허수아는 팀장보다 더 최악인 상사들이 우글대는 직장들 수만 수십만 개로 유지되는 한국이라는 나라 자체가 싫어졌다.

허수아는 7개월 만에 사표를 내고 다시는 어떤 규격화된 직장에도 다니지 않겠다고 결심했다. 허수아는 친구가 하는 유기견 임시보호 일을 도와주면서 점점 마음이 부드러워지고 윤택해지는 것을 느꼈다. 강아지는 자신이 받은 작은 사랑을 100배씩 키워서 돌려주는 천부적인 소질을 지녔다. 강아지의 유전자에 각인된 인간을 향한 사랑은 무한했고 꾸밈이 없었다. 가꾸지 않은 강아지 모습을 담은 동영상이 경쟁에 지친 시청자들을 치유하는 것이 아닐까. 그러면서 허수아는 강아지 두 마리, 견견이와 당당이, 그리고 고양이 새롬이의 생활을 친구와 같이 올리는 유튜버 크리에이터의 길을 걷게 되었다. 친구의 집에 강아지와 고양이가 살고, 동영상 편집 작업은 오피스텔에서 하고 있었다. 오피스텔도 친구의 오빠가 외국에 가는 바람에 비어서 빌려 쓰고 있는 셈이었다.

유튜브의 가장 무서운 점은 피드백이 바로 온다는 것이다. 반 고흐가 살아서 평생 판 작품 수가 1점에 불과했던 것과 같은 피드백 부재와 지연은 유튜브 세계에서는 있을 수 없었다. 지금은 47억씩이나 하는 종이에 그린 황소 그림이 팔리지 않아 이중섭이 굶어 죽다시피 한 일도 유튜브 세계에서는 일어나기 어려웠다. 어떻게 보면 유튜브는 김밥을 먹고 소주와 콜라를 마시는 세계와 닮았다. 김밥 두 줄을 먹으면 배가 부르고 소주 두 병을 마시면 혀가 꼬부라지고 몸이 비틀대며 콜라를 마시면 트림이 올라온다. 그처럼 크리에이터가 게시한 동영상에 시청자들 반응은 좋거나 나쁘거나 별로이거나 간에 반응이 즉각 왔으며 속일 수 없는 숫자로 표시되었다. 유튜브 크리에이터는 한 사람 한 사람이 개인 방송국 사장이었다. 10만이 넘는 유튜브 개인 방송국과 치열한 시청률 경쟁을 벌이는 싸움을 매일같이 쳐내야만 했다.

허수아가 말했다.

"이 탑승권은 내가 가지고 싶어. 아니 내가 가질래."

허시환이 말했다.

"이건 내가 타야 해. 이유야 많지."

구민숙이 말했다.

"얼씨구. 애들 키워놨더니 하늘 끝까지 챙겨줘야 하나. 그래, 너희들이 다 해 먹어라."

허수아가 반색하며 말했다.

"그럼 엄마는 빠지는 거네."

"내가 언제 빠진다고 그랬나. 하도 어이가 없어 하는 말이지. 밥이나 먹고 얘기하자."

허수아가 무슨 생각이 들었는지 갑자기 일어서며 말

했다.

"그래. 우리 가족이 탑승권을 누가 가지는가로 얘기하는 모습을 동영상으로 찍는 거야. 멋진 아이템이야. 부산-유라시아 열차 얘기로 우리나라가 떠들썩한 시기와도 딱 떨어지고 말이야."

구민숙이 말했다. "어이구. 니 구독자하고 조회 수 늘린다고 내가 식당 아줌마들에다 사돈의 팔촌까지 다 팔아먹었다. 이젠 내까지 판다고."

허시환이 말했다. "누나. 진짜 너무하다. 내가 누나 조회 수, 구독자 수 늘린다고 초등학교부터 대학교 친구들까지 아쉬운 소리 얼마나 했다고. 내 여친의 친구들에게도 광고했잖아. 내가 여친에게 차인 건 누나 공이 크다니까."

"네가 여친에게 차인 건 취직을 못해서야. 엉뚱한 핑계대기는."

허수아가 엄마와 동생 휴대폰을 거뒀다. 그리고 거치대를 세워 자신의 휴대폰까지 3대의 거리와 각도를 맞췄다.

구민숙이 말했다. "그래 찍어보자. 내가 너희들 걱정이지 나야 하늘 아래 한 점 부끄럼 없다. 허리뼈가 휘어지고 팔뚝에 화상 자국 찍으며 급식 일 해서 너희들 먹여

살렸는데 탑승권 한 장 못 준다는 거야. 세상 사람들이 뭐라고 그러겠니." 허시환이 말했다. "엄마는 취업준비생의 고충을 몰라요. 말로는 늘 안다고 하지만 가슴으로 몸으로 못 느낀다고요. 면접관에게 내가 이 회사에 꼭 필요한 사람이다를 증명하는 건 고난 그 자체예요." "뭘 내가 못 느껴. 내가 너 시험 6년째 99번 떨어질 때마다 저녁에 위로한다고 돼지두루치기에 소주 먹인 것 잊었나? 그 정도 위로했으면 됐지." "엄마 벌써 찍고 있어요." "어, 그래. 괜찮다. 괜찮아. 에라이."

허시환이 말했다. "99번 떨어진 내 심정은 어떻겠어요. 불합격 통보를 받으면 심장이 팍팍 졸아들어요. 이번 기회에는 인연이 아니라서 미안한 마음이~. 우수한 인재인 귀하에게 아쉬운 소식을 전하게 되어~. 지원자께서 저희 회사에 기울인 성원에 감사드리고 앞으로도 사랑을 부탁드리며~. 이런 말 계속 들어보세요. 내가 자신감이 없어져서 힘들다니까요. 이럴 때 치유가 필요한 겁니다. 광활한 시베리아와 바이칼 호수를 지나면서 마음을 채우면, 그걸 뭐라고 하더라, 그래 힐링 필드가 되는 거죠. 유라시아만 다녀오면 단번에 시험을 붙는다니까요. 믿어보세요."

"그래 다 좋다. 넌 그런데 최근에 왜 경찰공무원 시험만 고집하는 거야."

"제가 하도 힘들어서 만취해 전봇대 옆에 쓰러져 있었어요. 그때 순찰 돌던 여경이 저를 일으켜 세웠어요. 제가 울면서 그분 옷에 구토를 했어요. 그런데 그 경찰이 괜찮다고, 응어리 다 풀라고 응원하면서 파출소에 나를 데려다 줬어요. 저는 그런 여경같이 사람을 위로하는 경찰이 되고 싶어요."

"장하다. 멀리서 찾지 말고 엄마부터 먼저 위로해주면 안 되겠니."

허수아가 말했다.

"나는 유라시아 열차 여행을 유튜브에 올리고 싶어요. 구독자 확장은 그때그때 고비가 있어요. 콘텐츠가 식상해지고 뭔가 관습적으로 뻔한 동영상이 오르면 조회 수가 늘기는커녕 오히려 줄어요. 정말 고민이죠."

"그래, 내 유튜브 채널 키워야 하니까 양보해라 이 말씀."

"자식이 잘되고, 누나가 폼이 난다는데 좋지 않아요. 그게 그렇게 배가 아파요?"

구민숙이 말했다.

"배가 아팠는데 싹 나았다. 이것아. 무가 산으로 쌓인 주방 본 적 있어. 무 껍질 몇 개까지 깎아 봤어? 유튜브니 그런 거 다 허공에 떠 있는 거야. 발이 땅에 닿지를 않는다니까. 차라리 어린이집 보육 일을 해. 청소 일을 하든지. 다 얼마나 좋은 일이야. 마음이 사람의 발과 땅에 찰싹 붙어 있잖아. 그게 보람이야."

"엄마. 진짜 조선 시대 마인드예요. 엄마가 꼭 쥐고 다니는 휴대폰, 땅에서 떨어져 있다니까요. 허공을 나는 전파로 작동하는 거예요. 그거!"

허수아가 호소하는 목소리로 낮춰서 말했다. "나는 유라시아 열차를 타면 꼭 하고 싶은 일이 있어요. 독립운동을 하다, 노동자를 위하다 총살 당한 알렉산드라 김이 죽은 장소를 꼭 가보고 싶어요. 아무르강 언덕이에요. 이렇게 죽었대요. 열세 걸음을 걸으며 내가 금방 걸어 나온 열세 발자국은 조선 13도이다. 알렉산드라 김은 두건을 거부했대요. 나는 두 눈으로 내 죽음을 똑똑히 볼 것이오."

"이제는 독립운동가까지 끌어오냐. 알렉산드라 김이라고! 나는 알렉산드라 구다. 가족의 생활을 책임진 가족 독립운동가 알렉산드라 구 만세다."

허시환이 말했다. "어, 누나. 알렉산드라 김은 하바롭스크에서 총살됐는데 이 열차는 거기는 가지 않는대. 감점 5점."

“알렉산드라 김 말고도 얼마나 많은 독립운동가가 열차를 타고 조국 해방을 위해 노력했겠어. 나는 시베리아의 광막함과 독립운동가들이 걸은 길을 함께 취재할 거야.”

“양보 좀 해라. 지 생각밖에 못하고. 이게 뭐냐.” “제발 양보 좀 해주세요. 제게도 기회를 달란 말이에요.” “그냥… 제가 갔다 올게요, 유라시아.”

그럼, 이 탑승권, 아무도 양보하지 않네.

그럼요. 못 해요.

네. 못 해요.

2

저는 ‘부산-유라시아 대륙 열차’ 홍보단장입니다. 역사적인 열차 출발이 단 1주일 남았습니다. 저는 지금 부산역 광장에서 열린 축하 공연에 와 있습니다. 공연이 시작되려면 아직 시간이 남았습니다. 오늘 많은 사람들이 오셨는데요. 열차표에 당첨된 분들 만나보겠습니다. 정말 열기가 뜨거웠죠. 탑승권 당첨도 쉽지 않았고, 가족별로 배부된 탑승권의 탑승자를 누구로 할 것인가, 정말 숱

한 화제를 낳았던 가족 경선이었습니다. 쉽게 한 사람에게 몰아준 가족이 있는가 하면, 내 가족이 이럴 줄 몰랐다, 가족의 민낯을 봤다, 상종 못 할 사람과 살아온 내가 억울하다 등등 온갖 이슈가 몰렸습니다. 가족, 정말 가깝고도 먼 사이죠. 먼저 최고령 탑승객을 만나보겠습니다.

최인수 어르신입니다. 소감을 한말씀 들어보겠습니다. 건강은 괜찮으십니까? 탑승객 나이 제한을 72세로 하는 바람에 내가 최고령이 됐어요. 나이 제한은 80세로 해도 괜찮아요. 요즘 노인들은 펄펄 날아다녀요. 워낙 장거리 여행이라서 건강이 상할까 봐 나이 제한을 뒀다고 들었습니다.

기차에 얽힌 추억이 많겠습니다. 그럼, 우리 어릴 때는 비둘기호, 무궁화호, 통일호 이런 이름 붙은 열차를 탔지. 느릿느릿 낙동강변 경치를 즐기며 달리는 기분이 그만이었다니까. 대전역에 기차가 정차한 잠깐 시간에 가락국수를 훌훌 먹고 말이야. 네. 편안한 여행 되기를 바랍니다.

여기에 나혜석의 모습을 본뜬 분이 계시네요. 잠시 만나보겠습니다. 안녕하십니까?

안녕하세요. 저는 나혜석의 환생이 되고 싶은 사람입니다. 이름도 혜석으로 개명 신청을 내었고요. 이름까지

고친다니… 놀랍군요. 나혜석의 어떤 점을 오늘에 본받고 싶은지요. 나혜석은 조선여성으로 부산에서 출발해 첫 세계일주를 했지요. 1927년 6월 19일 부산진을 출발해서 경성과 평안도, 만주의 중심지 선양을 거쳐 바이칼 호와 시베리아를 지나 베를린과 파리를 둘러보았고요. 뭐랄까, 조선 여성으로서의 기백이 느껴지지 않나요. 인생아! 비켜라. 내가 간다. 그런 정신을 본받고 싶어요. 나혜석, 대단한 분이네요. 나혜석에 관해 더 하고 싶은 말이 있다면? 제가 나혜석이 쓴 글을 읽어드리겠습니다. "나는 지금 유명한 바이칼 호반을 통과하는 중이다. 듣던 바 이상의 경승지다. 이곳은 경성 9, 10월의 기후다. 지평선이 푸른 하늘과 닿은 듯한 황무지에는 은방울꽃이 반짝이고, 양떼와 소떼가 한가로이 거닐고 있다. 이곳에서 모든 벗들과 한잔의 술을 나누고 춤이나 추어보았으면." 그럼, 이번 유라시아 열차에 승차하는지…. 친구가 가고요. 저는 언젠가 기회가 오겠지요. 네. 감사합니다. 행운을 빌겠습니다.

다음으로 최연소 탑승자 만나보겠습니다. 손기수 학생. 오늘 기분이 어떤가요? 오늘 따뜻한 해처럼 좋아요. 손기수 학생은 초등학교 6학년인데 어떻게 부모님이 탑승권을 주셨나요? 저희 어머님이 한국은 휴전선이 놓이고 난 후로 섬나라가 됐다, 개인의 스케일을 키우기 위해 나이가 적을 때 지평선이 보이는 광활한 땅을 반드시 밟아봐야 한다고 평소에 말해왔어요. 지평선이 보이는 땅! 듣기만 해도 시원해지는 말입니다. 그럼 손기수 학생이 이번 여행에서 가장 보고 싶은 게 무엇일까요? 바이칼 호수의 물범을 보고 싶어요. 세계에서 유일한 민물 물범이라고 들었어요. 5월에 가면 물범을 볼 수 있나요? 네. 5월에는 바이칼 호수의 얼음이 녹는다고 들었습니다. 아, 정말 똑 부러지는 손기수 학생입니다. 혹시 오늘 같이 오신 사람이 있나요. 우리 학교 친구와 학생들이 같이 왔어요. 축제도 구경할 겸 해서요.

친구들이 같이 왔군요. 어디 있나요? 아이들이 몰려나와 카메라 앞에 섰다.

손기수 학생에게 전하고 싶은 말 있나요? 한 학생이 앞으로 나와서 말했다. 멀고 먼 길 잘 다녀와. 너는 지리산 천왕봉과 한라산 백록담도 갔다 왔으니까 기차 여행은 가뿐하게 다녀오지 않을까 해. 아이들이 큰 목소리로 외쳤다.

손기수. 잘 다녀와.

저희들이 친구를 위해 노래와 춤을 준비했어요.

노래와 춤을? 누가 만들었나요?

춤은 우리가 꾸몄고요. 노래는 음악 선생님이 도와줬어요.

그렇군요. 그럼 손기수 학생을 위한 친구들의 격려 노래와 춤 보겠습니다. 잠깐만요. 최인수 어르신이 다니는 노인대학에서도 응원을 오셨답니다. 두 팀을 모두 만나겠습니다.

3

'부산-유라시아 대륙 열차' 홍보단은 오늘 깊은 잠에 빠진 소녀를 만나러 왔습니다. 13살 소녀는 막내로 위로 오빠와 언니를 두고 있습니다. 소녀의 부모는 중앙아시아 국가에서 한국으로 들어와 난민 신청을 했습니다. 소녀는 난민 불인정 통지서를 받은 뒤 며칠 후부터 잠에 빠져들어 5개월째 깨어나지 않고 있습니다. 소녀가 한국어를 빨리 배워 가족 중에서 먼저 통지서를 읽은 탓일까요. 여기가 소녀의 침실입니다. 잠이라는 표현은 정확하지는 않습니다. 잠은 자연스럽게 자는 것이지만 소녀 자이빠의 상태는 그렇지 않습니다. 뇌파 검사와 혈액 검사, 컴퓨터단층촬영 결과는 정상이었습니다. 혼수상태도 아니고 일종의 체념에 따른 마비상태라고나 할까요. 자이빠의 부모는 유라시아 탑승권을 바라고 있습니다. 중앙아시아 사람들은 바이칼 호수를 '시베리아의 진주'라고 부른답니다. 소녀가 어릴 적부터 바이칼 호수에 손과 발을 넣고 싶어 했고요. 그렇게 바이칼호에 몸을 담그면 아이가 깨어날 수 있다는 것입니다. 물론 재판 중인 난민 신청이 받아들여지면 아이가 체념 상태에서 비롯된 병에서 깨어날 수도 있을 것입니다. 아이는 제주도에 먼저 들어왔다가 난민 인정을 못 받는 바람에 학교도 제대로 다니지 못하고 있습니다. 부모가 취업을 할 수 없기 때문에 생활 형편도 곤궁하고요. 공중에 뜬 삶에 더 이상 견딜 수 없었던 것 아닐까요. 소녀 자이빠에게 가까이 가보겠습니다.

저는 자이빠예요. 저에게 뭘 알아내려고 하지 마세요. 전 아무 행동도 할 수 없고 아무런 의욕도 없고 아무런 감정도 느끼지 못해요. 난민 불인정 통지서를 제가 먼저 열었던 것이 잘못이었을까요. 제가 한국어를 잘 익혀서 글을 읽을 수 있는 게 잘못이었을까요. 제게 온갖 의학 검사를 해보았다고 하더군요. 그런 검사로는 제 상태를 알아낼 수 없어요. 전 살아 있지만 죽음 직전의 상태이지요. 저는 죽음으로 건너가는 길에 있는지도 몰라요. 그 길에서 내 몸은 어디로 가야 할까 고민하고 망설이고 있겠지요. 이정표의 한쪽에는 한국으로, 한쪽에는 죽음으로, 한쪽에는 망각으로 쓰여 있어요. 저는 한국으로 가지 못하고, 그렇다고 사랑하는 부모님을 두고 죽음으로 갈 수도 없어요. 한국으로 갈 수 없는 것은 아니지요. 저는 지금 한국에 있으니까요. 한국이 저를, 저의 가족을 받아주지 않는 거예요. 저희가 가까이 다가가면 쨍 소리를 내며 튕겨 나오지요.

전 몇 날의 끔찍했던 낮과 밤을 기억하고 있어요. 하루는 중앙아시아 저의 고국에서 벌어졌어요. 아버지가 낮에 집으로 돌아왔어요. 저는 마침 집에 있었어요. 엄마와 저는 무척 놀랐죠. 아버지가 낮에 직장에서 오는 일은 처음이었으니까요. 아버지는 저의 언니와 오빠를 학교에서 데려오라고 시켰어요. 아빠는 뭔가에 쫓기는 모습이었고 당황하며 서두르고 있었어요. 저는 아버지의 그런 모습에 무척 놀랐어요. 아버지는 몸가짐이 냉정하며 흔들리지 않는 분이었어요. 우리 가족은 가방 하나만 들고 공항으로 갔어요. 좌석이 있는 비행기는 어디라도 타야 했어요. 우리는 일본으로 갔다가 환승으로 제주도로 왔어요. 처음에 우리는 제주도가 섬인 줄도 몰랐어요. 알고 보니 아버지는 국가정보국 소속 간부였고, 정보국이 국내 언론인을 비밀리에 체포하고 암살한 사건을 외국 인권단체에 제보하였더군요. 내부고발자인 셈이죠. 아버지는 그날 아침에 누군가에게 경고를 들었다고 해요. 오늘 중으로 바로 나라를 떠나야 한다고요. 다음 날 아버지를 체포하기로 결정이 났다고 해요. 아버지가 체포되면 반역죄나 국가기밀누설죄로 종신형에 처해진다고 했어요.

우리는 제주도로 오는 중에 누군가가 뒷덜미를 낚아채지 않을까 벌벌 떨었어요. 다행히 제주도에 무사히 도착했지만 그건 고난의 시작이었어요. 우리를 증명할 아무런 자료가 없었어요. 아버지는 자신의 신분에 관한 서류를 파기하고 떠나왔고 특히 비밀 제보를 한 사실은 관련 서류가 없어 증명할 방법이 없었어요. 관련 서류가 있다는 것 자체가 불가능했지요. 제주도 공항에서 말도 통하지 않고 우리는 캄캄한 바깥으로 그냥 나서야 했답니다. 어찌어찌 연락이 닿은 인권 단체의 도움이 없었다면 우리는 그냥 소행성이 되어 저 멀리 우주 바깥으로 날아가 버렸을지도 모르죠.

저희들은 인도적 체류 허가를 받았어요. 난민 인정은 거부되었어요. 행정관청에서 아버지가 내부고발자라는 사실을 증명하라고 하더군요. 법무부 공무원들은 직업과 법 규정상 어쩔 수 없었을 거예요. 하지만 나도 심사장에 같이 가야 했기에 공무원들의 차갑고 무신경한 눈초리에 몸을 떨어야 했어요. 스산하고 적막한 기운이 피부를 뚫고 뼈와 골수까지 치고 들어오는 느낌이었죠.

제주도에서 저희 가족은 어떻든지 일자리를 구해야 했어요. 말이 통하지 않으니 정말 구하기 힘들었어요. 간단한 대화라도 배울 수 있는 곳이 있었으면 좋을 텐데라는 바람도 잠시였고, 아버지는 흑돼지 식당에서 일을 하게 되었어요. 어머니는 흑돼지 식당이라는 말을 듣자 얼굴이 변하더니 반대했어요. 이슬람 신자는 돼지고기를 먹지 않는데 어떻게 거기서 일할 수가 있겠느냐고 했어요. 아버지는 불을 피우고 설거지를 하는 허드렛일이며, 신도 우리 가족이 처한 난처한 상황을 이해하고 격려해주실 것이라고 말했지요. 제주도에서 부산으로 건너와서도 일자리를 찾기가 여간 어렵지 않았어요.

저는 일어나고 싶지만 일어날 수가 없어요. 살고 싶지만 살 수가 없어요. 앞으로 나아가고 싶지만 나아갈 수가 없어요. 몽롱한 가운데 바이칼 호수를 꿈꿀 때가 있어요. 어릴 적부터 가고 싶어 한 곳이지요. 둘레가 2,000킬로미터고 깊이가 1,630미터나 되는 곳도 있어요. 전 세계

담수량의 20퍼센트가 모인 곳이기도 하고요. 하지만 그런 숫자들은 중요하지 않아요. 바이칼은 거대한 생명체예요. 저는 어릴 적부터 나를 바이칼과 가느다란 실로 연결된 작은 생명이라고 상상했답니다. 거기를 가보고 싶어요. 소원이 뭐냐고 물었으니까 하는 대답이에요. 하지만 제가 어떻게 그곳에 갈 수가 있겠어요. 저는 꼼짝 못하고 누운 나무토막 같은 존재인걸요. 더욱이 유라시아 탑승권을 무슨 재주로 구할 수 있겠어요.

4

저희는 부산-유라시아 대륙 열차의 홍보단입니다. 여기 구민숙 님 인터뷰를 하겠습니다. 구민숙 님. 내일 유라시아 열차를 타실 건데요. 기분이 어떻습니까? 기분이야 너무 좋죠. 하루가 얼른 갔으면 좋겠어요. 하루가 이렇게 느린지 처음 깨달았어요. 구민숙 님 딸이 만든 유튜브 동영상 '탑승권 가족 전쟁'이 300만 뷰를 기록했지요. 축하드리고요. 동영상 촬영은 어떤 계기로 하게 되었는지요.

아유. 그냥 딸이 재미 삼아 만든 것이지요. 우리 딸과 아들은요. 가족 중에서 탑승자를 선정해야 한다니까 두 말없이 저를 챙겼어요. 엄마가 그간 급식조리원으로 얼마나 고생했는지 잘 안다면서요. 아무 걱정 말고 편히 다녀오라고 제 등을 팍팍 밀었지요.

동영상을 보면 가족들이 탑승권을 두고 치열하게 다툰 것으로…… 아니라니까요. 그건 흥미를 끌려고, 이런 가족도 있겠지, 어때 하며 만든 것이지요. 그럼, 가족들이 추첨해서 구민숙 님이 뽑힌 게 아니라는 말씀이네요. 그렇다니까요. 그렇군요. 그럼 가족들에게 한말씀 부탁드립니다. 여기 카메라를 보고 말씀하세요.

흠. 흠. 우리 딸과 아들. 덕분에 유라시아 구경 잘하고 올게. 다 너희들이 이 에미 챙겨준 덕분이다. 건강하게 지내다가 다시 만나자.

갑자기 총소리가 한 번 난다. 포탄 터지는 소리도 한 번 난다.

긴급 뉴스가 들린다.

속보입니다. 중앙아시아 국가에서 내전이 터졌습니다. 현재 수도에서 양쪽 군대가 치열한 전투에 들어갔습니다. 긴급 뉴스입니다. 내일 출발하는 부산-유라시아 열차 출발이 취소되었습니다. 열차 승객의 안전을 위한 부득이한 결정이라고 합니다. 정부 당국자의 발표를 들어보겠습니다. 다시 한번 알립니다. 내일 출발하는…….

내 몸이 덜컹덜컹 흔들리며 어딘가를 따라가고 있어요. 흔들림은 아기 때 엄마 품에서 전해지던 심장 박동을 닮았어요. 나는 침대에 누워 있고요. 내 얼굴에 햇살이 비치자 누군가 커튼을 쳐주는군요. 저 밖으로 무엇이 있는지 알고 싶지만 내 몸은 여전히 나의 것이 아니라서 난 움직일 수 없답니다. 누군가 도란도란 얘기하는 소리가 들려요. 자작나무숲이 지나가고 소나무와 끝없는 초원이 지나가고, 야트막한 언덕도 있다네요. 아. 철길 옆으로 야생화가 흐드러지게 피었다는군요. 야생화들의 이름을 알았으면 좋겠어요. 야생화란 이름 하나에 그 많은 꽃들을 뭉쳐 넣다니 너무하지 않나요. 난 하나하나 이름을 불러주고 싶답니다. 그런들 야생화가 고마워하거나 나를 알아주다니 대단해! 이런 말을 할 까닭이야 없겠지만요. 그저 야생화는 야생화로 바람과 햇빛을 즐길 뿐이겠지요. 여기 시베리아 평원은 햇빛이 좋은 계절이 두 달 즈음에 불과해서 그때 바짝 자라고 씨앗을 맺어야 한다네요. 바쁘게 살림을 꾸려야 하는 꽃과 나무들이네요. 바람과 놀기도 하고 해와 비켜서서 여유 부리다가는 허둥

지둥 바쁘게 움직여야 하겠지요. 열차가 역에 가끔 서면 철도역으로 나온 행상에게 사람들이 물건을 사는 모양이에요. 바이칼 호수에서 나는 특산 물고기 이름이 오물이래요. 이름을 한국어로 들으니까 조금 정이 붙지 않죠. 이 물고기를 자작나무에 훈연하면 맛이 그만이래요. 한국 사람은 처음 들었을지 모르겠지만 전 옛날부터 알고 있었답니다. 그렇군요. 전 유라시아 횡단 열차를 타고 있네요. 제가 어떻게 열차를 타게 되었을까요. 전쟁이 터져 열차 출발이 취소되었다는 말을 들은 적이 엊그제 같은데요.

누군가 방송 화면을 틀어줬어요.

저는 유라시아 열차 홍보단장입니다. 다행스럽게도 전쟁이 끝나서 오월에 유라시아 열차가 출발하게 되었습니다. 딱 일 년 만이군요. 구민숙 님을 잠시 만나보겠습니다. 구민숙 님이 베를린까지 가는 유라시아 탑승권을 난민의 딸에게 양보했다는 소식을 들었습니다. 어떻게 그런 마음을 내셨는지 궁금합니다.

지난 일 년 동안에도 난민의 딸 자이빠가 계속 깨어나지 못해 마음이 아팠어요. 저도 딸 가진 부모인데 남 일 같지 않더라고요. 내가 난민인데 알지도 못하는 먼 나라로 가서 딸까지 큰 병에 걸려 누워 있다고 생각하면 저절로 눈물이… 그래서 그 딸의 소원을 들어주면 어떨까 했죠. 제 탑승권이 자이빠의 건강 회복에 도움이 된다면 얼마나 좋을까 생각하니 하나도 아깝지 않았어요.

저희 홍보단에서도 자이빠가 바이칼 호수에 몸을 담그는 소원이 성취되기를 기쁘게 성원합니다. 이번 자이빠의 여행에는 철도 당국과 중국과 러시아를 비롯한 여러 나라, 그리고 부산 시민의 열화와 같은 성원이 있었습니다. 그들 모두에게 감사드립니다.

그랬군요. 제가 열차를 타고 달려가는 곳이 바이칼 호수군요. 우리는 역에서 내려 버스로 이동하고 있어요. 바이칼의 찰싹이는 물소리가 나를 끌어당기네요. 안개가 길을 가리고 우리가 타고 가는 버스도 안개가 덮어 뿌옇게 보이는군요. 안개가 스며든 숲도 흐릿하네요. 저기 천으로 감싼 신목이 보이는군요. 바람에 휘날리는 노랑과 빨강 천도 보여요. 부랴트족이 숭배하고 소원을 비는 나무예요. 한국에서는 서낭당 나무로 불렸다고 해요. 바이칼 호수와 알혼 섬이 한국인의 시조가 살던 곳이라고도 해요. 과연 그런가요. 전 제 귀에 들리는 소리를 전해줄 뿐이에요. 한국인들의 조상은 여기서 동쪽으로 동쪽으로 더 나아갔다는 말이네요. 왜 그들은 멈추지 않고 계속 나아갔을까요. 궁금해서였겠죠. 해가 뜨는 동쪽으로 더 나아가면 무엇이 있을까, 호기심이 그들을 움직인 동력이었겠죠. 그래서 백두산 물도 한 모금 마시고 또 그 아래로 길을 나섰겠지요. 주변에서 수런수런하는 소리가 들려요. 끝이 보이지 않는 호수가 나타났어요. 사람들은 들것에 실린 나를 나무뿌리가 얼기설기 뻗은 물가에 내려놓았어요. 5월의 바이칼 호수는 무척 차가워요. 얼음이 이제 막 녹았거든요. 누군가 내 손을 들어 호수의 물에 담가요. 투명한 찬 물이 손가락 첫 마디를 적시고 손바닥을 넘어 손목까지 적셨어요. 아셔요. 바이칼에는 정령이 살고 있답니다. 정령은 사람의 귀에 비밀스런 노래를 읊조리는데 귀를 연 사람에게만 들린대요. 바이칼의 영혼과 자신의 영혼에게 마음을 연 사람에게만 노래가 가 닿는 거예요. 바이칼이 안은 생명의 힘이 찌르르 손을 감싸고는 기지개를 쭈욱 폈어요. 물은 차지만 제 손은 더워지고 있어요. 생명의 물이 제 몸 안에서 빙글 한 바퀴를 돌았다니까요. 이제 제 발을 담가요. 조심스럽게 물을 떠서 발등을 적시고는 발목까지 물에 넣었어요. 생명의 물이 제 몸 안에서 빙글 또 한 바퀴를 돌았어요. 물이 제 몸에서 맥을 놀며 부풀어 올라요. 한 바퀴 두 바퀴 세 바퀴 아쉽게도 속도가 점점 느려져요. 누군가가 말했어요. 호수에 몸을 담갔다가 건져볼까요. 괜찮겠어요? 물이 차가운데…. 괜찮고 말고요. 자이빠도 원할 것 같아요. 한국에서 이렇게 멀리까지 왔는데. 사람들이 들것을 호수 안으로 옮겼어요. 천천히 나는 물로 들어갔어요. 바이칼 호수의 물이 흠뻑 내 몸을 적셨어요. 나는 바이칼 호수 생명에 연결되었어요. 호수가 내게 생명을 가득 선물했어요. 호숫가로 옮긴 들것에서 나는 천천히 몸을 움직이기 시작했어요. 눈은 감고 있지만 내 몸 움직임을 나도 느껴요. 내가 마침내 내 몸을 통제하기 시작했다니까요. 나는 숨을 크게 쉬고 몸을 옆으로 굴려 발을 들것 밖으로 옮겼답니다. 주위에서 환호성이 터져 나왔어요. 박수 소리도 들렸어요. 누군가가 말했어요. 갑자기 일어나면 안 돼요. 두 해나 누워 있었기에 다리 근육을 쓰기 어려워요. 잘못하면 넘어져서 다친다니까요. 걱정하지 마세요. 나는 그렇게 약하지 않답니다. 나는 일어나고야 말 거예요. 나는 발을 옮기고 손을 써서 간이의자에 앉았답니다.

내 주위에 사람들이 나를 둘러쌌어요. 꽃이 개화하듯, 둥지의 어린 새가 첫 날갯짓을 하듯, 씨앗에서 첫 잎이 나오듯 나는 그렇게 눈을 떴어요. 바이칼 호수가 나를 지켜보고 있었습니다. 호수가 햇빛에 아롱지며 내게 안겨들었어요. 호수가 내게 장하다 칭찬을 했어요. 장하다. 정말 장해! 나도 호수에 인사를 드렸어요. 바이칼 호수,

안녕! 난 자이빠야. 너와 몸을 나눌 수 있어 정말 기뻤어. 두 사람이 나를 부축해서 나는 조심조심 일어났습니다. 바이칼 호수의 흙을 밟고 물에도 발을 담갔습니다. 바이칼 호수의 물범들이 내게 인사를 보내는 소리를 들었습니다. 네. 정말 들었다니까요. 나는 호수에 답례의 춤을 추었답니다. 정말 잠에서 깨자 바로 춤을 추었냐고요? 그건 나만이 아는 비밀이에요. 참, 바이칼 호수의 내 모습을 저를 돌봐주는 분이 휴대폰 동영상으로 찍어놨더군요. 나는 그 동영상을 받아서 구민숙 님에게 선물로 드릴 거예요. 훗날 이야기를 하자면 <바이칼 호수의 기적> 이라는 동영상은 딸 허수아가 유튜브에 올려 1,500만 조회수를 기록한답니다. 당연히 구독자 수도 많이 늘었겠지요.

5

인권단체 <난민의 친구>에서 알려드립니다. 바이칼 호수의 기적으로 알려진 자이빠 가족이 난민으로 인정될 것 같습니다. 자이빠 가족이 탈출해서 나온 중앙아시아의 국가가 자이빠의 아버지를 국가기밀 누설과 국가

반역죄로 처벌하겠다고 발표했습니다. 고국에 돌아오면 재판에 넘기겠다는 말이지요. 이게 왜 희소식이냐고요. 지금 난민 재판 중인 자이빠의 아버지가 정치적 탄압을 받고 있다는 사실을 입증하기가 어려웠어요. 거의 모든 자료를 고국에 놔두거나 없애버렸기 때문입니다. 그런데 이제 법정에서 아버지가 정보기관의 내부고발자라는 사실을 입증할 수 있게 되었습니다. 바이칼 호수의 기적으로 불리는 자이빠는 한국으로 돌아오는 중입니다.

자이빠에게 유라시아 탑승권을 양보한 구민숙 님을 만나보겠습니다. 구민숙 님이 손사래를 치는군요. 별 한 일도 없는데 방송을 타서 낯이 뜨거워서 못 살겠다네요. 구민숙 님이 지금 하는 일이 뭔가요. 오늘은 학생들이 먹을 수제 돈까스를 만든다고요. 재료가 이렇게 많나요! 돼지고기 등심에 건식 빵가루, 습식 빵가루, 중력 밀가루, 마늘, 생강. 540인분 정말 놀랍습니다. 돼지고기를 두드리고, 밑간을 한 다음에 계란 물을 입혀서……. 참 빵가루도 골고루 묻혀야 하지요. 만들면 하나 먹어보고 싶습니다. 구민숙 님이 저를 마구 밀쳐 내는군요. 급식조리실은 뜨거운 물과 파란 가스불로 위험하다네요. 오늘 초등학생들은 맛난 수제 돈까스를 먹겠군요. 군침이 돕니다.

구민숙은 수제로 만드는 날이 좋았다. 수제로 만들면

힘이 들지만 그래도 아이들이 더 좋아하는 것 같아 마음이 뿌듯하다. 유라시아 탑승권 얘기는 이제 더 이상 하지 말아야 할 텐데. 바이칼 호수와 자작나무 숲과 대초원은 여기 조리실에서 너무 먼 곳이니까. 허리도 아프고 어깨도 쑤시지만 그래도 자이빠의 미소는 마음을 따뜻하게 데워주는 것 같다. 아. 거기 조심하라니까. 바쁘게 서두르면 데이고 다치고 한다니까. 소리 지르지 마. 뭐라고! 돈까스를 급식 시간 10분 전까지 맞출 수 있냐고. 만들 수 있어. 시간 맞출 수 있다니까.

※ 자이빠의 체념증후군 증세에 관해서는 수잰 오설리번이 쓴 『잠자는 숲 속의 소녀들』을 참고했다.

베팅

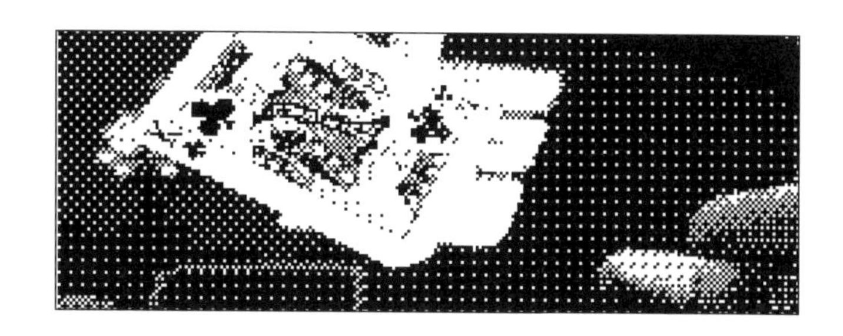

오전반 퇴근 시간인 오후 3시에 카지노를 나섰다. 긴장감이 배인 근무를 마치면 나는 해변을 걸으며 마음속의 거친 기운을 빼내곤 했다. 호텔 앞 보도는 살짝 따가운 6월의 햇볕으로 데워져 있었다. 개를 산책시키는 여자와 캐리어를 끄는 외국인이 내 옆을 지나쳤다. 나른한 걸음으로 보도를 걷다가 백사장 계단에 앉을 자리를 찾았다. 카지노의 인공조명에 익은 몸에 자연의 햇볕을 쬐고 싶었다.

해변을 따라 연인들이 손을 잡고 환한 웃음을 지으며 걷고 있었다. 몇몇 아이들은 파도가 들어오는 끝자락에서 모래성을 쌓았고 어떤 아이는 깊은 구덩이를 팠다. 장난감 트럭의 적재함에 모래를 가득 싣고 미는 아이도 있었다. 해변에 긴 의자를 놓고 햇볕에 몸을 태우는 외국인 옆에서 한 여자가 모여든 갈매기에게 먹이를 주고 있었다. 갈매기들은 뿌리는 먹이에 따라 무리지어 이리저리 날아다녔다. 치열한 승부가 벌어진 바로 옆 카지노와 멀고도 먼 평화로운 사람과 풍경이었다.

내가 선 곳에서 세 계단 앞에 낯익은 옷차림의 사람이 보였다. 팔목 단추까지 채운 흰 와이셔츠로 앉은 사람은 유달리 눈에 띄었다. 몇 시간 전까지 나와 게임을 한 다니엘은 햇빛을 받아 은색으로 반짝이며 출렁이는 파도에 눈을 맞추고 앉아 있었다. 다니엘이 고개를 들어 먼바다를 바라보았다. 다니엘 뒤에 앉은 나는 그의 시선을 따라 파도 너머 수평선에 눈을 맞췄다. 바다를 가로지른 수평선은 넘지 못할 선 같기도 하고 여기 와서 넘어보라고 유혹하는 선 같기도 했다. 수평선은 7년 전과 변함없이 바다 끝에서 멈춰 서 있었다.

7년 전에 카지노 면접시험을 보러 온 그날 나도 백사장 계단에 앉아서 수평선을 바라보았다. 아는 언니가 알려지지 않아서 그렇지 괜찮은 직장이라며 소개했던 해변의 특급호텔 카지노였다. 언니가 말했다. 외국인 상대 카지노는 나름 품위가 있어. 애먹이는 손님이 넘치는 강원랜드 딜러와는 달라.

나는 빨리 직장을 구해야 할 처지였다. 고등학교를 졸업하자 어머니는 돈 천만 원을 내주며 나를 집에서 내밀었다. 어머니는 밝게 웃으며 큰 선물을 준다는 표정으로 말했다. 네 인생을 책임질 나이가 됐어. 어머니는 군대에 간 오빠가 돌아오면 똑같이 집에서 내보낸다고 말했다. 나는 어디든 안착할 곳을 찾아서 혼자 헤엄을 쳐 나가야만 했다. 어머니는 아버지가 사고로 죽은 후에 내내 자식에게서 독립할 그날을 꿈꾸었는지도 모른다. 식당일과 점원을 하면서 나를 고등학교 졸업까지 키워준 것만으로도 사실 고맙기는 했다. 그러나 나는 세상에 맨몸으로 발을 딛기가 두려웠고 부모들이 대학이나 결혼 때까지 돌봐주는 친구들이 그렇게 부러울 수가 없었다.

카지노 딜러는 전문 자격증이 있지는 않았다. 영어와 중국어와 일본어 중 한 가지 이상의 외국어 성적이 필요했다. 아는 언니는 카지노 딜러 업무는 채용되면 세 달가량의 연수를 통해 배운다고 말했다. 카드 도박이니까 규칙이 복잡하지는 않아. 게임 방식이 까다로우면 누가 카지노에 오겠어. 연수를 받으면서 기초 일본어와 중국어도 배워두면 돼. 도박 용어 중심이니까 어렵지 않아. 언니의 격려에 힘입어 나는 카지노 딜러에 덜컥 응모했다. 7년 전 카지노 면접 때 나는 많이 절박했다. 어쩌면 나는 절박해져야 한다고 속으로 다짐했는지도 모른다. 고만고만한 중소기업의 단순직이나 이곳저곳의 알바 자리를 전전하다가는 내 청춘은 금세 손가락 사이의 모래처럼 흘러나갈 것 같았다.

다니엘이 일어나 성큼 계단을 올라왔다. 해변의 계단은 높아서 발을 높이 들고 균형을 잘 잡아야 했다. 나를 발견한 다니엘이 안녕하세요 인사를 했다. 얼마 전까지 내게 돈을 잃은 손님 같지 않게 밝고 명랑한 목소리다. 밀폐된 카지노가 아닌 야외에서 들어도 남쪽 해변 도시의 말투는 조금도 묻지 않은, 아나운서가 쓰는 듯한 표준말이었다. 내가 말했다. 목소리가 듣기 좋아요. 다니엘이 말했다. 미국에서 한국 뉴스로 한국어를 배웠어요. 생모를 만나면 또렷하게 얘기를 나누고 싶었거든요. 생모라면……. 어머니를 만나러 한국에 온 거예요? 다니엘은 밝게 웃으며 내게 손을 흔들고는 몸을 왼쪽으로 돌려서 백사장 중앙에 위치한 특급호텔을 향해 걸어갔다.

다니엘이 우리 카지노에 온 지 며칠 되지는 않았다. 며칠 전 교대를 하면서 민소진이 내게 손가락으로 동그라미를 만들어 보였다. VIP룸에 큰 손님이 들어왔다는 말이었다. 검은색 원피스로 갈아입은 민소진은 승률이 높았는지 야간 근무를 마치고도 얼굴이 밝고 눈빛이 생생했다. 기운이 넘치는 민소진 모습을 본 게 얼마 만인가. 유니폼으로 갈아입은 나는 민소진에게 물었다. 얼마야? 민소진은 손가락 둘을 승리의 표식처럼 펼쳐 보였다. 그리고는 깜찍한 윙크를 보태면서 말했다. 재미동포. 혼자 왔어. 설마? 나는 놀라는 표정을 감추지 못했다.

전염병의 위세가 가라앉으면서 6월 들어 외국인들이 늘기 시작했다. 그러나 방역이 풀려도 카지노 홀은 그다지 채워지지 않았다. 항공사는 더디게 비행기를 증편했고 비행기 표는 가격이 만만찮았다. 카지노 운영본부장부터 딜러까지 모두가 은빛 날개를 번쩍이는 비행기가 활주로에 연달아 착륙하기를 바랐다. 비행기에서 내린 외국인들이 카지노 입구에 설치된 벽을 타고 쉬지 않고 흘러내리는 물처럼 객장을 찾기를 고대했다. 우리 카지노는 오랜 기간을 비행기를 그리워하면서 순환휴직과 명예퇴직으로 버텨왔다. 더 이상 내핍생활을 견딜 수 없는 막바지에 이르러서야 비행기의 신은 우리에게 손님을 조금씩 더 내려주었다.

오늘 아침에 들어간 VIP룸에는 아무도 없었다. 오전 7시부터 오후 3시까지 오전반 근무조의 시간은 대체로 조용히 지나갔다. 민소진이 근무한 밤 11시부터 아침 7시까지가 황금시간대였고 오후 3시부터 밤 11시까지 시간

대도 나쁘지 않았다. 3교대로 365일 하루도 쉬지 않고 돌아가는 카지노는 가끔 제동장치가 고장 나서 폭주하는 열차가 아닐까 하는 생각도 들었다. 다행히도 열차는 선로를 달구면서도 탈선하지 않았고 큰돈을 잃은 손님들만 열차에서 추락해서 순식간에 시야에서 사라졌다.

나는 무료하게 업장의 바카라 딜러 자리에 앉아 있었다. 일정액 이상의 현금을 칩으로 환전한 손님들만 들어올 수 있는 VIP룸을 감싸는 침묵은 매번 낯설었다. VIP룸은 3교대 어느 시간대에 들어서도 고액의 칩이 오가며 긴장감과 승부욕이 지글지글 끓었다. 전염병이 번지면서 VIP룸을 처음으로 채운 침묵은 기이해 새로운 형태의 괴물에게 훈련을 받는 것만 같았다. 시간이 흘러도 내 몸과 머리는 떠들썩하던 옛 VIP룸의 정서에서 맴돌고 있었다.

휴식 시간에 업장을 가로질러 직원 휴게실로 갔다. 바쁜 시절에는 100분 근무를 하고 휴식을 취할 때도 있었지만 지금은 40분 근무에 20분 휴식으로 한가롭기만 하다. 업장의 슬롯머신 코너에 우리가 샐러리맨으로 부르는 호주 남자가 앉아 있었다. 그는 한결같이 입는 베이지색 바지와 갈색 셔츠 차림이었다. 그의 옷차림은 걸어다니는 상표와 같아 멀리서도 샐러리맨임을 알 수 있었다.

호주 남자는 카지노에 정시에 출근해서 점심은 시장의 값싼 국수로 해결하고 8시간을 보낸 후 퇴근했으며 주말은 쉬었다. 그는 오직 카지노의 대세인 바카라에만 돈을 걸었다. 그는 하루에 5~6번, 어떤 때는 3~4번 많아도 10번은 넘지 않는 베팅으로 존재를 알렸다. 그가 종일 베팅 테이블을 지켜보고 있다가 언제 어떤 순간에 영감을 받아 칩을 거는지 오리무중이었다. 그는 직원과 대화를 나누지 않았고 바카라 테이블의 고객과도 이야기하지 않으며 칩에게만 속내를 전하는 것 같았다.

바카라는 카지노 딜러가 주는 카드 두 장의 합이 9에 가까운 쪽이 이기는 단순한 게임이다. 받는 카드의 숫자 조합에 따라 한 장을 더 받을 때도 있었다. 손님이 앉은 테이블 앞에 뱅커BANKER라고 쓰인 공간과 플레이어PLAYER라고 쓰인 공간이 있다. 손님은 뱅커나 플레이어의 자리 어느 쪽에든 칩을 놓아 베팅을 한다. 카지노와 손님이 이길 확률은 비슷한데 뱅커가 플레이어보다 이길 확률이 1.2퍼센트 더 높고 손님이 뱅커 쪽에 걸어서 이기면 딴 금액의 5퍼센트를 카지노에 커미션으로 준다. 숫자에 따라 추가 카드를 받는 규칙이 달라서 복잡한 확률 계산을 거치면 이렇게 나온다고 했다. 9에 가까운 카드를 쥔 자가 이기는 이 단순한 게임의 매력은 단순함과 절반에 가까운 승률에서 나온 것이다.

샐러리맨은 바카라가 주는 스릴을 철저하게 경계하면서 작게라도 돈을 따면 바로 게임을 중단하는 놀라운 자제력을 보여주고 있었다. 어쨌든 그는 봉급 생활자의 월급만큼을 카지노에서 챙겨 가는, 카지노의 살을 파먹는 벌레와 같은 존재였다. 카지노로서는 그런 벌레가 극히 드물다는 사실에 마음을 놓을 뿐이었다.

플로어에게 호출이 왔다. VIP룸에 어젯밤 민소진과 겨룬 손님 다니엘이 들어왔다는 것이다. 다니엘을 모시고 온 플로어가 새벽까지 게임을 해서 피곤하지 않은지 안부를 묻고 떠났다. 1대1 게임을 원하는 손님이었다. 나는 다니엘 앞에서 8세트가 섞인 카드함을 열어서 게임할 준비를 갖췄다. 샤워를 막 해서인지 뒤로 빗어 넘긴 다니엘의 머리칼에는 아직 물기가 남아 있었다. 깔끔하게 면도를 했고 눈은 민소진만큼이나 생생하게 빛났다. 흰 와이셔츠의 손목 단추를 잠근 다니엘은 손톱이 깔끔하게 정리되어 있었다. 왼 손목의 검은색 피아제 시계가 눈에 띄었다.

다니엘은 첫 베팅으로 노란색 칩 두 개를 플레이어 공간에 올렸다. 나는 카드를 두 장씩 돌리고 오픈한 후, 두 장 카드의 합을 말했다. 뱅커 6, 플레이어 7. 플레이어 윈.

노란색 칩 두 개를 다니엘에게 건네고 다음 카드를 돌렸다. 다니엘은 주황색 칩 두 개를 올렸다. 개당 100만 원 칩이었다. 노란색 칩은 20만 원, 주황색 칩은 100만 원, 붉은색 칩은 500만 원, 자주색 칩은 1000만 원이었다.

다니엘은 미국에서 사업으로 성공한 교포로 보였다. 나는 업장에서 손님들의 옷과 장신구, 말투와 행동을 통해 직업과 삶을 추측해보는 버릇이 있었다. 나의 그런 추정은 칩과 칩이 오가는 업장에서 검증할 방법이 없는 나만의 상상에 불과했다. 나는 내가 분류한 사람을 차곡차곡 내 머릿속 서랍에 넣어두고 휴게실에서 그 사람들의 사생활을 추측해보기도 했다. 과연 돈으로 바꿔줄까 싶은 칩만이 오가는 카지노 업장의 살벌함에 나름 면역력을 높이기 위한 나만의 방법이었다. 내 추측은 가끔 신통하게 들어맞을 때도 있었다. 언젠가 딜러의 손에 관심이 많던 재미동포가 네일 숍 사장이 아닐까 추측했는데 맞았다. 개인 가게가 아니라 뉴욕의 유명한 네일 숍 체인점 대표였다는 점에서 절반쯤 맞은 셈이었다. 네일 숍 대표는 카지노에서 현금을 몽땅 잃고 카드 한도까지 돈을 빼쓴 후에 미국에서 들어온 가족에게 강제로 끌려가다시피 카지노에서 사라졌다.

다니엘은 40분쯤 게임을 한 후에 카드를 접었다. 그는 돈을 약간 잃었지만 지난 밤에 비하면 손실이라 할 금액은 아니었다. 하지만 보통의 직장인이라면 얼굴을 찡그리게 하기에 충분한 액수였다. 그는 일어서면서 내 명찰에 붙은 이름을 정확하게 말했다. 한영미 씨 즐거웠습니다. 그가 악수를 청하자 나는 자신도 모르게 손을 잡고 말았다. 딜러를 7년 넘게 하면서 카지노 게임을 끝내고 손님과 악수를 나눈 기억이 떠오르지 않았다. 손님이 딜러에게 악수를 청하는 일 자체가 없었다. 손님들은 돈을 따면 유쾌한 얼굴로, 잃으면 불쾌함을 온몸으로 나타내며 자리를 떠났다. 손님과 딜러가 접촉하는 것 자체가 칩을 거둘 때 우연히 손이 살짝 닿는 정도의, 몇십 년은 지나야 로맨스와 맥이 닿을 행동뿐이었다.

다니엘은 고개를 숙이면서 붉은색 칩 하나를 팁으로 건넸다. 돈을 잃은 손님에게 팁을 받은 것도 처음이었다. 이건 다음 큰 게임을 위한 징크스 관리용인가. 카지노에서 크게 게임을 벌리는 손님 중에는 징크스에 매인 사람들이 있었다. 어떤 중국인은 카지노로 들어오기 전에 택시를 타고 카지노 호텔 건물을 세 바퀴 돌고 들어왔다. 어떤 일본인은 카지노에서 입는 옷이 항상 검은색이었고 시계와 목걸이도 검은색이었다. 그는 자신이 택한 검은색으로 카지노의 신에게 호락호락하지 않은 인물임을 주지시킨다고 말했다. 그의 검은색은 그다지 위력이 없었는지 그는 두 해 카지노를 출입하다가 파산하고 말았다.

내가 망설이자 다니엘이 말했다. 받아두세요. 승패와 관계없는 돈이니까요. 한영미 딜러는 제 상상 속의 어머니와 닮았습니다. 처음에는 놀랐습니다. 상상 속의 어머니라면 어떤 사람일까. 어머니로 부르기에는 나는 젊지 않은가. 첫사랑과 닮았다는 말이 훨씬 호의적인 표현이 아닌가. 나는 당황해하며 팁을 받아 들었다. 팁은 업장 관리자인 플로어가 모아서 월말에 딜러 모두에게 고르게 배분했다. 균등하게 나눈다지만 딜러가 받는 팁 액수는 은근히 신경 쓰이는 인기 지표였다.

다음 날 아침 카지노 회의실에서 오전반 조례를 하는 플로어 얼굴이 밝았다. 플로어는 오후반부터 마케팅부서가 일본에서 모집한 15명이 들어온다는 소식을 전했다. VIP룸 옆에 비어 있던 프라이빗 룸을 연다는 말이었다. 1인당 환전금액이 1억으로 총 15억 원인 대형 팀이었다. 마케팅 부서의 백 과장이 일본에서 제대로 활동을 시작한 것이다. 3박 4일 동안 카지노에서 호텔 객실과 식음료 비용과 항공료를 부담하고, 모집팀을 상대로 1등 상금이 1억 원인 이벤트 게임도 진행한다는 것이다. 이런 모집 팀들은 카지노에 대체로 총 환전금액의 30퍼센트에 달하는 이익을 안겨주었다. 마케팅 부서가 활동을 시작했으니 부부동반으로 팀을 모아 그들이 좋아하는 가수를 섭외하고 골프와 호화로운 만찬을 즐기는 모객도 들어올 것이다. 50대와 60대의 부유층 외국인들은 카지노에서 받는 서비스 대가로 카지노에 적당한 금액을 잃어주었고 그것을 일종의 고급여행으로 인식했다. 그들은 자신들이 원하는 가수 출연에 관심이 높았다. 그들에게 돈과 바꾼 카지노 칩이란 자신들이 좋아하는 가수와 함께 즐기는 디너쇼를 위해 충분히 지급할 만한 장식물에 불과했다.

마케팅 부서에서 고객을 유치하기 위해 들이는 숙박비와 비행기 삯을 고려하면 다니엘은 비용 지출이 한 푼도 없는 큰손이었다. 어젯밤에도 민소진은 다니엘에게서 바싹 긁어내었고 다니엘은 3억 원을 추가로 환전했다는 것이다. 어제는 다니엘이 민소진에게 이것저것 요구를 한 모양이었다. 카드를 통째로 바꿔달라, 카드 커트를 새로 하게 해달라. 일반인 업장에서는 받아들일 수 없는 요구였으나 VIP룸에서는 가능했다. 다니엘은 패가 풀리지 않으면 써보기도 하는 그런 좀스러운 수작을 어디서 들은 것일까. 다니엘은 카드의 신이 휘두르는 편애를 이런

저런 방법으로 바꿔보려고 시도했으나 신은 요지부동이었다. 이상하게도 민소진은 다니엘이 큰돈을 잃었는데도 평온하고 어떻게 보면 즐거운 오락을 하는 것처럼도 보였다고 말했다. 이런저런 요구도 그냥 재미 삼아 시도하는 것처럼 보였다고 했다. 민소진이 내게 속삭였다. 다니엘은 미국에서 사업을 하는데 생모를 찾으러 한국에 왔대. 그래서 정신이 거기에 쏠려 있는 거야. 바카라에만 집중해도 쉽지 않은 승부인데 말이야. 그랬다. 딜러 모두에게 소문이 돌았다. 다니엘은 생모를 찾는 불안한 시간을 카지노에서 죽이고 있다는 것을.

다니엘은 내 테이블에 어제와 같은 시간에 왔다. 그는 하늘색 와이셔츠의 손목 단추를 잠그고 단정한 자세로 게임에 몰두했다. 그는 침착했고 생생한 얼굴에 무언가를 꿈꾸는 듯한 구김살 없는 표정이었다. 바카라에 빠져들어 처음에는 가져온 돈, 다음으로 카드 대출과 송금받은 돈, 마지막으로 카지노에서 빌린 돈으로 승부를 걸어 몰락하는 재산가의 초조하고 광기에 번쩍이는 눈빛이 아니었다. 유원지에서 몇천 원의 돈을 걸고 풍선을 향해 화살을 쏘는 어린이의 눈빛을 닮았다. 어제보다 다니엘의 베팅 금액이 올라갔다. 그는 500만 원 붉은색과 1,000만 원 자주색 칩을 쉼 없이 올렸다. 나는 뱅커 윈

그리고 플레이어 윈을 말하면서 빠르게 게임을 이끌었다. 두 장 또는 석 장 카드를 받아 승부를 겨루는 바카라는 한판 게임이 15초 내외에 끝난다. 초보자나 돈을 잃어 평정심을 놓친 손님들은 자신도 모르게 빠른 소용돌이에 휩쓸려 바닥으로 곤두박질치고 만다. 나는 카드를 펼치고 때로는 뱅커 윈과 때로는 플레이어 윈을 말하면서 게임의 흐름을 내 쪽으로 당겨왔다. 게임 리듬이 조금 더 빠르게 올라갔다.

다니엘이 돈을 잃은 사람답지 않게 천천히 베팅하면서 말했다.

조금 전에 제 대리인에게서 연락을 받았습니다. 생모를 찾는 데 성공했어요. 주소와 연락처도 알아냈고요. 내 대리인이 비용이 많이 들어서 그렇지만 일을 잘하죠.

나는 카드를 천천히 돌리면서 말했다.

축하드려요. 반가운 소식이네요.

다니엘이 말했다. 약간 들뜬 목소리였다.

나는 세 살에 부산에서 미국으로 입양되었어요. 부산의 어린 시절은 전혀 기억나지 않아요. 바깥 해변의 거품처럼 다 씻겨간 것이지요. 어린 시절 나도 여기 해변에 와서 뛰놀지 않았을까 생각은 하죠. 다니엘이 말을 이었다. 나는 전자공학을 전공해서 대학을 졸업하고 친구들과 창업해서 성공했어요. 내비게이션 앱을 만드는 회사였지요. 회사는 천칠백만 달러에 구글에 팔았어요. 구글은 뭐랄까, 우리 앱이 경쟁회사에 넘어가는 것을 막으려고 샀다고 하더군요. 지금은 다음 사업 준비를 하고 있어요. 제 친구와 내게 사업아이템은 넘치니까요.

나는 말이 많아진 다니엘에게 미소를 지으며 속으로 되뇌었다. 천칠백만 달러라고. 나도 모르게 다니엘에게 사업 수완이 대단하다는 칭찬을 했다.

다니엘의 베팅 속도는 더 느려졌다.

나는 어린 시절부터 생모가 궁금했어요. 양부모는 친절하고 인성이 좋은 사람이었는데 생모가 부산에 계시다고 알려주었어요.

나도 더 느리게 카드를 돌리며 작은 목소리로 물었다.

생모를 왜 찾고 싶은 거죠.

다니엘이 말했다.

그냥 궁금한 거죠. 특별한 이유는 없어요. 나란 생명의 근원이 어디에 있는가 알고 싶은……. 방송 교재를 통해 한국어를 열심히 배워두었어요. 언젠가 생모를 만날 날에 대비해둔 거죠.

다니엘이 말했다. 내일 오전쯤이면 직접 만날지도 모릅니다.

다니엘에게 어머니는 아름다운 단어이자 평안히 쉴 수 있는 안식처 같았다. 다니엘의 어머니를 닮았다는 나는 어떤 말을 해줘야 할까. 이런 내 얘기는 어떨까. 아버지가 일찍 돌아가시고 어머니는 재혼을 했어요. 한 번씩 어머니를 만나면 낯설어요. 내 생모이면서도 이질감을 느끼고 생모 같지 않은 느낌이에요. 어제 저녁에 어머니에게 전화가 왔다. 내일 저녁 약속 알지. 남편과 같이 갈 거다. 내일 보자. 어머니는 두 달에 한 번 만나는 식사 모임에 꼭 남편을 데리고 왔다. 선박 엔진 수리 기술자인 남자는 러시아 배가 요즘 많이 들어온다거나 오호츠크해에서 명태가 많이 잡힌다는 얘기를 했다. 나는 어머니와 함께 산다는 점 말고는 나와 아무런 연관이 없는 사람의 이야기를 의무로 들어야 하는 상황에 영 적응이 되지 않았다. 남자는 배 이야기 말고는 내 인생에 관여하려 들지 않았다. 남편감을 소개시켜 주거나 금리가 오르니 돈을 어디에 투자하라거나 이곳에 아파트를 사두면 짭짤할 거라는 말을 하지 않았다. 그저 배와 물고기와 바다에 관한 이야기뿐이었다.

나는 마지막 카드를 오픈하며 말했다. 어머니와 만날 좋은 소식을 기다려요. 마지막 게임은 다니엘의 승리였다.

옷을 갈아입고 퇴근하는 내게 플로어가 오늘의 실적에 엄지를 치켜들었다. 나는 쓴웃음을 지으며 인사했다. 배포 크기로 소문난 플로어였다. 일본에 가서 야마구치 야쿠자 행동대장에게 도박 빚을 받아내기도 했다. 집 거실에서 행동대장은 빚 1억 원 중 5천만 원만 내놓았다. 플로어가 그렇게 받을 수는 없다고 버티자 행동대장은 거실에 걸린 칼 두 자루에서 한 자루를 뽑아 닦기 시작했다. 검에서 차가운 기운이 뻗어 허공을 쓰윽 베는 것만 같았다. 번득이는 날에 플로어의 일그러지고 비틀린 얼굴이 비쳤다. 플로어는 무릎을 꿇고 손을 무릎에 올린 채로 묵묵히 시간을 보냈다. 다리에 감각이 없고 손도 저릴 즈음 행동대장이 금고를 열어 1,000만원이 모자라는 9,000만 원을 내놓았다. 나처럼 고졸 사원으로 들어온 그는 플로어로 승진한 후에 업장 실적이 좋지 않아 마음고생이 심했다. 그에게 다니엘은 비행기와 마찬가지로 영접하고픈 신과 같은 존재가 아닐까.

다음 날 아침 조회를 하는 회의실은 술렁대는 분위기였다. 카드를 잘못 나눠 일어난 사고나 난동을 부린 손님 이야기가 아니었다. 밤 게임에서 다니엘이 베팅 금액을 5,000만 원으로 올렸고 그때부터 게임이 넘어가 아홉 번을 연달아 다니엘이 이겼다는 것이었다. 민소진이 계속 잃자 카지노는 딜러를 세 번이나 바꿨지만 다니엘의 운을 누를 수 없었다. 아홉 번, 장패가 나왔다고? 바카라 게임에서 불가능한 승률은 아니었다. 1대1 게임에서는 더욱 그랬다. 누군가가 말했다. 다음에 어떤 카드가 나올지 카드를 카운팅하는 것 아니야? 카운팅. 블랙잭이라면 모르지만 바카라에서? 블랙잭은 딜러와 플레이어 중 카드의 합이 21 또는 21에 가장 가까운 숫자 쪽이 이기는 게임이다. 다니엘은 곧 있을 어머니와 만남을 상상하면서 미리 힘을 받아 기운차게 달린 것이 아닐까.

누군가가 말했다. 고사라도 지내야 하는 거 아냐. 하룻밤에 5억 넘게 손실을 보다니. 얼마 만이야. 나는 5년 전의 일본인 부동산 사업가를 떠올렸다. 그는 한 달 만에 30억을 넘게 땄고 아예 카지노에서 살다시피 했다. 다음 달에는 10억을 잃고, 그다음 달에는 다시 10억을 잃었으며 6개월 후에는 전 재산을 날리고 말았다. 그는 타인에게 폐를 끼치지 않는다는 일본인답게 일본으로 돌아가서 목숨을 끊었다. 30억을 잃은 그달에 카지노 운영본부장이 은밀하게 고사를 지냈다는 소문이 돌았다. 감시카메라가 가득 찬 업장 어디에 돼지머리를 올릴 곳이 있을까. 소문은 기정사실처럼 끈질기게 맴돌았고 다음 달부터 카지노는 다시 승률을 올렸으며 일본인 사업가를 패

망시켰다. 다니엘이 팁으로 붉은색 칩 5개를 돌렸다니까. 이천오백만 원이다. 카지노에는 나쁘지만 딜러에게는 훌륭한 고객이네. 그래서였나. 아침 조회 분위기가 침울하지 않았던 것이.

다니엘은 내가 VIP룸에 들어간 지 4시간이 지나서야 모습을 비췄다. 플로어가 내게 다가와 속삭였다.

다니엘이 조금 전에 20억 원을 추가로 환전했어.

네?

모두 30억 원이야. 오랜만에 만나는 환전액이야.

플로어는 건투를 빈다며 내 등을 두드렸다.

카드를 나누면서 다니엘에게 물었다. 어머님 연락은 잘 되었나요? 다니엘은 나를 쳐다보고 아무 말 없이 베팅을 했다. 머쓱해진 나는 조용히 카드를 돌렸다.

플로어가 와서 다니엘이 1억 원으로 베팅 금액을 높인 것을 알렸다. 운용본부에서 승인이 났습니다. 내가 겪어보지 못한 베팅 액수였다. 나는 어깨에 힘이 들어가고 순간적으로 눈이 침침해졌다.

다니엘은 500만 원 붉은색 칩 10개를 척척 테이블의 플레이어 코너에 올렸다. 그에게 10개의 칩은 5,000만 원의 가치가 아니라 아이들이 가지고 노는 장난감처럼 보이는 모양이었다. 다섯 번째 게임에서 그는 흰 바탕에 노란 십자가 그려진 칩을 베팅했다. 말로만 들었던 1억 원 칩이었다. 환전팀의 금고에서 나와 오랜만에 빛을 보아서인지 칩은 유난히 번쩍거렸다. 다니엘의 두 장 카드 합은 5였고 더 받은 한 장의 카드는 킹이었다. 킹과 퀸, 잭은 0으로 계산한다. 카드 합은 그대로 5. 뱅커 윈. 다니엘은 십자 칩을 두 번 연달아 잃자 베팅 금액을 낮췄다. 다니엘이 이길 49퍼센트에 가까운 확률은 이상하게도 자꾸만 그를 비켜갔다. 다니엘은 왠지 게임에 집중하지 못하는 것 같았다.

40분이 지나서 나는 칩상자를 챙겼다. 노란 십자 칩 세 개가 내게 넘어와 있었다. 다니엘의 칩상자에 담긴 칩은 어느새 절반으로 줄어 있었고 나의 도박 운은 고개를 숙이려 들지 않았다. 이렇게 연달아 크게 잃으면 게임을 쉬고 바카라의 리듬을 바꾸는 것이 요령이었다. 다니엘은 게임 흐름을 바꾸려는 생각 없이 패배의 물살에 둥둥 떠내려가고 있었다. VIP룸에서 이렇게 빨리 잃는 사람은 기억나지 않았다. 이렇게 잃으면 잠시 후 12시에 여기에 오는 대만의 쯔웨이처럼 게임을 즐기면서 오래 하기는 어려울 것이었다.

11시 50분이 되자 플로어가 VIP룸으로 들어와 다니엘에게 테이블을 잠시 사용할 수 없다고 양해를 구했다. 괜

찾으시다면 바에서 위스키를 한 잔 드시지요. 다니엘은 고개를 끄덕이고는 플로어가 안내하는 카지노 안쪽의 바로 사라졌다.

대만의 반도체 중소기업 사장이었던 쯔웨이는 이 도시의 해변과 카지노를 좋아했다. 그는 매년 봄과 가을 겨울에 며칠씩 휴가를 내서 해변 도시로 왔고 카지노에 잔뜩 돈을 잃어주었다. 그의 호텔과 체류 비용은 카지노가 모두 대주었고 VIP용 관광업체의 가이드와 차량도 제공받았다. 그는 게임이 잘 풀리는 날에는 듬뿍 팁을 뿌렸고 게임이 풀리지 않으면 오늘은 운이 좋지 않다고 웃음을 터뜨렸다. 그는 반도체 업계의 치열한 경쟁으로 상한 몸과 마음을 카지노와 해변도시에서 치유해 싱싱해진 몸으로 대만에 돌아갔다. 칠 년간 쯔웨이와 카지노의 공생은 행복하게 진행되었다. 전염병이 덮쳐 대만과 한국에서 강력한 봉쇄를 하지 않았더라면 쯔웨이의 갑작스런 사망은 없었을지도 모른다.

쯔웨이의 어머니는 대만에 갇힌 아들이 스트레스를 풀 방법을 찾지 못했고 우울하게 지냈다고 말했다. 어느 날 쯔웨이의 심장은 더이상 그를 위해 뛰기를 거부했다. 몇 시간 만에 쯔웨이는 병원 응급실에서 영안실로 옮겨지고 말았다. 쯔웨이의 어머니가 우리 카지노에 쯔웨이의 영혼이 가장 좋아했던 장소를 들러볼 수 있게 해달라고 요청했을 때 운영본부장은 난감해했다. 전례가 없던 요청을 우리 카지노가 승인한 것은 카지노 종사자 모두에게 좋은 기억으로 남아 있는 그에게 보내는 마지막 예의였다. 어쩌면 아들의 마지막 평안을 비는 어머니께 드리는 인사인지도 몰랐다. 11시 55분이 되었다. 어머니가 주재한 작별의식은 짧고 간단했다. 어머니는 환하게 웃는 쯔웨이 사진을 베팅 테이블에 놓았다. 어머니가 아들을 위한 불교 경전을 암송하고 세 번 머리를 숙이면서 의식은 끝났다.

다니엘은 바에서 위스키를 한 잔 마신 모양이었다. VIP 손님에게 제공하는 특전이었다. 다니엘이 손가락을 세 개 펼치며 말했다. 세 잔까지는 마실 수 있다고 하네요. 노란 십자 칩 하나면 다니엘이 마신 발렌타인 위스키 한 트럭 분을 살 수 있을 것이었다. 그는 술기운에 젖어 게임을 이어나갔다. 그는 손을 들더니 바에 가서 다시 한 잔을 들이켜고 왔다. 나는 새로 섞은 카드를 다니엘에게 제시했다. 그는 고개를 끄덕이더니 카드 앞쪽을 커트하고 게임을 시작했다. 그는 계속 잃고 있었다. 그런데도 그는 몰리는 승부에 그다지 관심이 없어 보였다. 다니엘이 말했다.

대리인이 부산에서 생모를 찾았다고 말했죠. 생모가 나를 만나지 않겠다네요. 통화도 하지 않겠답니다.

다니엘이 배운 뛰어난 한국어는 쓸 곳을 찾지 못했다. 나는 말없이 게임 속도를 늦췄다.

내가 가져온 돈도 받지 않는답니다.

다니엘은 귀찮다는 듯이 십자 칩을 플레이어 코너에 올렸다. 뱅커 윈. 그에게 남은 십자 칩은 하나였다.

환전한 30억은 어머니에게 줄 돈이었습니다. 어쨌든 내 육체를 만들어낸 사람이니까요. 내 몸이 그 돈보다는 훨씬 더 가치가 있죠. 삼성전자와 현대차를 몽땅 판 거액으로도 내 몸을 만들어내지는 못하니까요.

다니엘의 상상 속 어머니를 닮았다는 나는 다니엘에게 왠지 미안했다.

내가 말했다.

손님. 컨디션이 좋지 않은 것 같은데 게임을 잠시 쉬면 어떨까요?

컨디션은 나쁘지 않아요. 다니엘은 컨디션을 혀를 굴러 미국식 발음으로 말했다. 다니엘은 잠시 바에 갔다 오겠다고 말했다. VIP룸 입구에 서 있던 플로어가 내게 엄지를 치켜들더니 흔들었다. 다니엘은 세 번째 위스키 잔을 마시고 왔다. 그는 내게 마지막 십자 칩을 잃었다. 노란 십자 칩 다섯 개는 내 칩 상자 왼편에 쌓여 있었다.

다니엘이 말했다. 칩 베팅 금액을 올리고 싶은데요.

나는 다니엘에게 몸을 기울이며 되물었다.

뭐라고요.

한 판의 베팅 금액을 더 올리고 싶다니까요. 1억 5천만 원으로요.

서울의 워커힐 카지노에서 한 판의 베팅 금액이 1억을 넘었다는 얘기를 들은 적이 있었다. 1억 5천만 원이었던가. 본사의 승인을 받아야 하기도 했지만 나는 마음을 정했다.

나는 말했다.

손님. 더는 올릴 수 없습니다.

다니엘이 물끄러미 나를 바라보았다.

나는 조금 더 목소리를 높여 말했다. 손님에게 목소리를 높이다니 딜러로서 처음 하는 행동이었다. 더는 베팅 금액을 올려서는 안 됩니다.

플로어가 다가왔다. 나는 손을 거칠게 흔들어 플로어를 돌려보냈다. 다니엘은 고개를 들어 나를 보더니 바카라 테이블을 뚫어지게 쳐다보았다. 나는 카드 케이스에 손을 올리고 기다렸다.

퇴근한 나는 해변의 보도를 따라서 걸어갔다. 해변 보

도는 큰길로 이어져 지하철로 연결된다. 해변 중앙에 있는 특급호텔 앞의 해변 계단에 다니엘이 앉아 있었다. 모자를 쓴 그는 묵묵히 바다를 바라보고 있었다. 날이 흐렸고 짙은 구름이 군데군데를 덮었다. 나는 다니엘을 지켜보다가 다니엘의 계단에서 두 걸음쯤 비켜선 곳에 앉았다. 바람이 잔잔해 파도가 부드럽게 일었다. 나는 잠자코 이십몇 년 전 내가 놀러온 어린 시절에도 해변을 적셨을 거품을 바라봤다.

눈을 수평선에 둔 채로 다니엘이 말했다. 나는 주변을 둘러보았다. 나 외에는 아무도 없었다. 다니엘이 혼잣말을 하는 것은 아니었다. 내게 들릴 만한 크기의 목소리였다. 905호실. 내가 잘못 들었는가. 아니었다. 낮고 작았지만 또렷한 숫자였다. 다니엘은 다시 말했다. 905호실입니다.

내 앞에서 아이들이 모래사장을 지나 바닷가로 뛰어갔다. 아이들은 큰 소리로 노래를 부르고 있었다. 나도 어려서 해변에서 그렇게 즐겁게 놀았던가. 이상하게도 나는 해변에서 모래 장난을 한 기억이 떠오르지 않았다. 어린 시절에 바다에서 놀았던 기억을 떠올리면 해운대 바다의 튜브에 앉아 덮쳐오는 파도에 놀라 자지러지게 울었던 기억이 선명했다. 아버지였는지 모르겠으나 누군가가 튜브를 붙잡고 있었다. 내가 놀았던 바다의 깊이는 어른 가슴 정도의 높이였던 것 같기도 했다. 하지만 여섯 살 무렵의 아이에게 끝없이 몰려와 얼굴을 세차게 때리는 파도는 두려웠고 발이 땅에 닿지 않는 감각이 안기는 공포는 상상 이상이었다. 나는 울다가 비명을 지르기도 했었다. 누군가 튜브를 바로 앞의 해변으로 당겨주기를 바랐다. 하지만 어린 나는 튜브를 당기는 사람의 힘에 속수무책으로 끌려다니고 있었다.

모자를 쓰고 선글라스와 마스크를 꺼냈다. 다니엘이 묵는 해변에서 가장 좋은 위치를 차지한 특급호텔은 최고층인 9층이 스위트룸이었다. 바다를 조망하는 거실과 두 개의 침실 그리고 업무를 볼 수 있는 사무용 공간이 붙어 있는 곳이었다. 손님의 호텔과 객실 번호는 그 사람의 재력을 가늠하는 지표였다. 905란 숫자를 입에 넣고 굴려보았다. 앞니로 자르고 어금니로 씹었다가 혀끝에 올려보았다. 숫자에서 우울하고 쓰면서 뭔가 연민이 섞인 맛이 배어나왔다.

다니엘은 무엇을 찾아 부산에 왔을까. 그에게 생모도 카지노처럼 낯선 사람과 만나는 미지의 장소에 불과한 것이 아닐까. 카지노의 고액 칩처럼 이곳에서 저곳으로, 저곳에서 다시 이곳으로 건너오는 무의미한 상징이 아니었을까. 그는 잃어버린 자신의 어린 시절을, 아니 자신의 공허를 메워줄 무언가를 찾아 방황하고 있는 것은 아닐까.

다니엘이 머무는 특급호텔로 향했다. 9층은 전용 엘리베이터에 출입카드를 넣어야 움직였다. 다른 사람이 엘리베이터를 타는 기회를 이용해서 자연스럽게 올라갔다. 9층에 내리자 복도 탁자에 전시된 도자기와 벽을 채운 그림이 기다렸다. 나는 유려하게 뻗은 달항아리의 곡선에 눈을 두었다가 어린아이 몇이 바닷가에서 즐겁게 달리는 그림으로 시선을 옮겼다. 오른쪽으로 몸을 돌려 복도의 등이 비추는 은은한 빛을 따라 905호실로 향했다. 호텔 보안실에서 사람이 움직이면 자동으로 추적하는 카메라로 내 움직임을 지켜보고 있을 것이었다. 카지노는 무수한 감시카메라의 서식지였다. 수상한 움직임이 나타나면 화면을 키워서 확인하고 보안팀에서 즉시 출동할 수 있었다. 겉으로 보기에는 유흥과 향락이 넘치는 카지노는 바탕에 감시와 함정과 올가미로 가득 찬 미로였다. 걸음을 늦춰 천천히 905호실로 다가갔다. 붉은 카펫이 깔린 복도는 내 발자국 소리도 삼켰다.

황금색으로 반짝이는 905호 명패를 흘낏 보고 복도 끝까지 걸었다. 복도 끝의 통창으로 바다가 보였다. 다니엘은 어머니를 맞이하기 위해서가 아니라 미지의 사람과 만날 어떤 운을 시험하기 위해 널찍한 거실이 있는 호텔을 잡은 것인지도 모른다. 잠시 바다를 바라보고 돌아서서 다시 905호를 향해 걸었다. 905호실의 손잡이를 잡고 튼튼한 문의 무게를 가늠하며 깊은숨을 내쉬었다. 베팅하는 순간은 늘 평소보다 시간이 천천히 흘러갔다. 여기는 미로일까. 창문일까. 카지노에는 창문이 없지만 인생에는 어디서든 창이 있기 마련이다. 나는 뱅커와 플레이어가 함께 이기는 시간으로 빨려 들어가고 싶었다.

나는 문을 열고 들어섰다. 다니엘은 내가 올 줄 알았다는 것처럼 자연스럽게 나를 맞았다.

바다를 바라보는 자리에 의자 두 개가 나란히 자리 잡고 있었다. 앉으세요. 이 자리에 엄마와 나란히 앉고 싶었죠.

왜 엄마가 다니엘을 만나지 않았다고 생각해요.

모르겠어요.

청소년 시절에나, 빈 몸으로 왔다면 엄마는 다니엘을 맞았을 거에요. 같이 손을 잡고 울음을 터뜨렸을지도 몰라요. 그런데 30억이나 되는 돈을 들고 왔죠. 엄마는 모욕을 느꼈을 거예요.

당신은 내 엄마가 아니잖소.

나는 목소리가 칼칼하게 변하는 것을 느끼며 말했다.

엄마는 아니지만…… 엄마의 마음은 알죠. 맨몸으로 오세요. 그리고 아무것도 바라지 말고, 아무것도 묻지 말고 맑고 따뜻하게 엄마를 한 번 안아보고 싶다고 말하세요.

그러면 만나줄까요.

그럼요.

다시 엄마를 만나러 가면 당신도 같이 가주겠소.

나는 조용히 일어나 거실을 돌아보고 문으로 다가갔다.

다니엘이 말했다.

대답을 하지 않는군요.

나는 문 앞에서 돌아서서 말했다.

아직도 대답을 느낄 수 없나요?

나는 엘리베이터 앞에 섰다.

출입카드를 넣지 않은 엘리베이터는 움직이지 않았다. 나를 지켜보는 감시카메라의 눈을 의식하면서 묵묵히 기다렸다. 1층에서 누군가 버튼을 눌렀는지 갑자기 엘리베이터가 아래를 향해 움직였다.

다음 날 아침 조회에서 플로어가 정규 모객 손님이 들어온다고 알렸다. 전문 모집인이 대만과 일본에서 모시고 오는 카지노 이용 단체 고객이었다. 카지노가 북적거리는 옛날 전성기로 돌아가는 시동을 거는 것 같았다. 하루만 머물면서 슬롯머신만 이용하는 모객 손님이라도 카지노가 꽉 차서 웅성대면 베팅 금액과 카지노의 수입이 늘었다. 우리 회사의 주식 시세도 기지개를 켜면서 슬금슬금 올라가기 시작했다.

플로어가 내 곁으로 오더니 말했다. 다니엘이 아침 비행기로 미국으로 돌아갔어. 인천에서 출발하는 일등석을 급히 잡았나 봐. 나는 아무 말 없이 고개를 끄덕였다. 칩을 환전하지 않고 모두 보관시켰어. 플로어가 말했다. 다니엘이 다시 올까? 나는 그냥 웃기만 했다. 내가 알고 싶은 질문이었다.

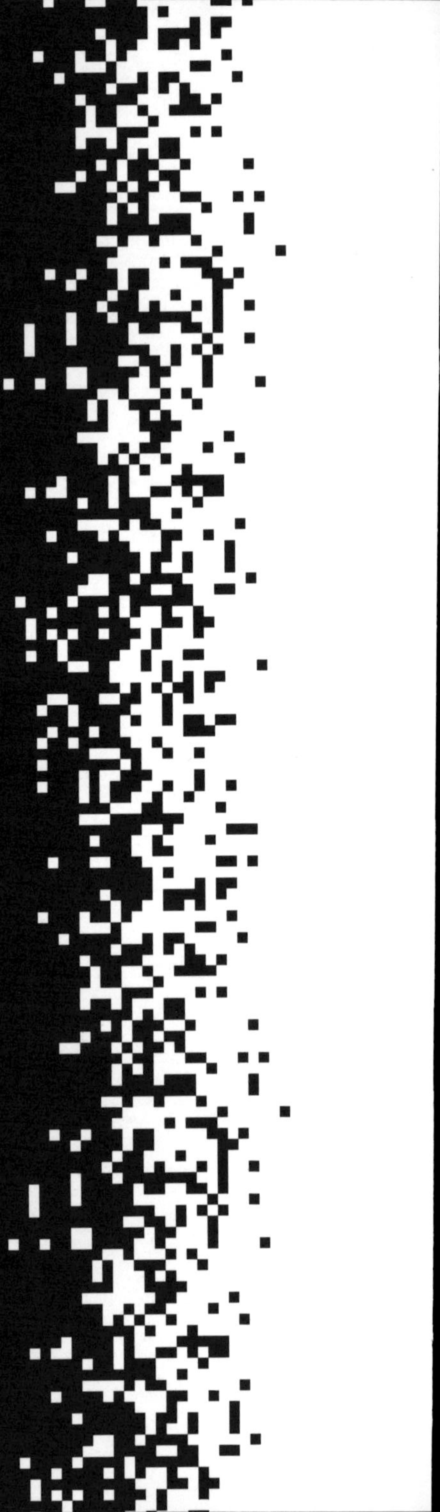

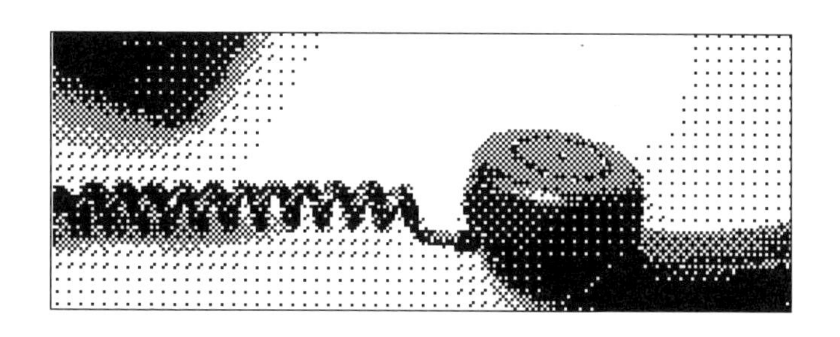

나는 벽시계를 흘깃 바라보았다. 밝은 갈색 벽지에 걸린 동그란 시계는 여덟 시 오 분이 지나가고 있었다. 지금까지 전화가 오지 않자 실망한 나는 전화기를 대던 오른쪽 귀가 시큰거리기까지 했다. 내가 전소운에게 실망할 까닭은 없다. 비록 오랜 시간을 통화해왔지만 어디까지나 상담자로서 이야기를 들어주고 함께 방향을 모색하기 위해서였다. 방향을 모색하다니 그것도 실은 건방진 이야기다. 내가 전소운이 걷는 인생 방향을 조금치도 바꿔놓을 수는 없는데 그건 전소운만이 아니라 여기 햇빛전화상담소와 통화를 하는 모든 사람에게 해당이 될 것이다.

상담실은 전화와 공책을 놓은 탁자와 의자, 가습기와

같은 필수품으로 채워진 작은 공간이었다. 휴대폰에 익숙한 세대에게는 이상하게도 느껴질 일반 전화기 한 대가 이 공간의 주인이었다. 전화기를 통해 오고 갔을 한탄과 분노, 낙담과 괴로움은 대단한 무게라서 보통 사람이었다면 견뎌내지 못했을 것이었다. 전화기 상단에는 전화를 건 사람의 전화번호와 전화를 기다리는 사람의 숫자가 표시되었다. 41년 전에 햇빛전화 문을 열었을 때는 그런 기능은 없는 투박한 기계식 전화기였으리라. 사단법인이 되고 전국 대도시에 상담소를 둔 햇빛전화로 커졌지만 외우기 쉽고 단순한 전화번호는 예전 그대로였다.

몇 통의 상담 전화를 받자 시간은 척척 지나 벌써 삼십 분이 흘렀다. 나는 눈썹을 찡그리고 손으로 이마를 문질렀다. 초조할 때면 습관적으로 하는 행동이라서 사람들 앞에서 의식적으로 피하는 몸짓이었다. 목을 촉촉이 적셔두기 위해 찻물을 입에 머금었다가 삼켰다. 전소운에게 전화가 왔을 때 나는 이미 녹초가 되어 있었다. 하마터면 나는 전화기에 대고 버럭 소리를 지를 뻔했다. 딸에게 그렇게 관심이 없어서야 어떻게 엄마라고 할 수 있겠냐고. 아이의 마음이 자라는 것만큼 엄마의 마음도 자라는 것 아니겠냐고. 나는 실은 누구의 아이도 챙겨줄 능력이 없었다. 그럼에도 상대방의 사연에 귀를 기울이다 보면 괜스레 그렇게 큰소리를 치고 싶은 마음에 자주 부대꼈다.

침착하게 전소운의 전화를 받으면서 목소리에 뭔가 달라진 게 없나 귀를 세워 살폈다. 그녀 고민은 딸의 학업 문제였다. 조카와 사촌과 가까운 친척 대부분이 일류대학을 나온 집안답게 딸의 공부 문제가 중요했다. 그녀가 내게 한 말이다. 우리 딸이 방정식을 푸는 모습을 봤어야 하는데요. 수학 점수가 70점이라는 게 말이 된다고 생각해요? 일급 수학 강사가 붙었는데도 그 지경이에요. 수학에만 들어간 돈이 얼마일 것 같아요? 그랬다. 수학이 문제였다. 거기에 더해 영어와 국어도 문제였다.

전소운의 딸 채아는 춤과 만화 그리기를 좋아했다. 춤은 인기 가수를 따라 하는 커버 댄스가 아니라 어디에서 배운 건지 모를 독특한, 뭐랄까 고대에 있음직한 무용을 닮은 춤을 춘다고 했다. 알려준 사이트의 동영상으로 보니 아닌 게 아니라 그리스 신전의 옛 무녀들이 추었을 법한 몸짓이었다. 채아는 취미로 반 친구들이 좋아하는 가수나 배우의 만화와 친구의 캐리커처를 그려주었다. 대략 훑어보아도 개성 강한 상당한 실력이었다. 혹시 채아가 유화를 좋아하고 재질이 있었다면 미국으로 유학을 보냈을까. 그랬을 것 같지 않았다. 전소운은 딸이 친척이나 친구 자녀들과 비교해서 성적이 떨어지는 것을 싫어했고 만화를 좋아하고 잘 그리는 것도 격이 떨어진다는 이유로 꺼렸다.

전소운은 딸이 중학교 2학년일 때부터 사이가 벌어져 점점 멀어져 갔다. 딸과 갈등이 꼭지를 찍어야 그다음부터 관계가 안정될 가능성이 보이는데 아직도 다툼이 고조되는 중이었다. 그녀는 전화에서 날씨 얘기를 전했다. 오늘 바람 대단하지 않아요? 바람에 모자가 날아갔어요. 그렇죠. 바람이 미는 힘에 몸이 휘청거렸다. 맑은 가을날에 폭풍을 닮은 바람이라니. 10월 초순에 이런 바람이 가끔 분다고 해요. 그렇게 말들 하지만 강풍이 불지 않는 계절이 어디 있겠어요. 상담소에 오면서 본 거리는 바람이 날린 비닐과 나뭇잎과 종이와 이런저런 잡동사니로 어수선했다. 한 번씩 거센 돌개바람이 일어 낙엽과 비닐을 높은 하늘까지 밀어올리기도 했다. 바람이 거센 날에는 전소운은 꼭 날씨 얘기를 먼저 꺼냈다. 사거리에서 오토바이가 회전하다가 넘어지기도 했다니까요. 그랬군요. 웬 놈의 바람이 이렇게 거친지……. 나는 다소 호들갑스럽게 맞장구를 치며 기다렸다. 그녀가 채아 이야기를 꺼내기를. 전소운이 말했다. 바람이 거세지만 채아는 잘 지내겠죠. 나는 목소리를 눌러 담담하게 말했다. 그럼요. 채아가 어떤 아이인데요. 딸은 잘해 낼 거예요. 그렇고 말고요. 전소운은 다소 불안을 담아 가늘게 되물었다. 정말 그럴까요. 전소운의 말이 바람에 날려 갈라지고 희미해졌다가 크게 울렸다. 나는 그 말이 바람을 이기지 못하고 허공으로 날아갈까 봐 전화기를 꽉 붙들었다.

나는 어조를 높이며 딱 잘라서 말했다. 딸을 믿으세요. 딸의 힘을 믿어야 해요. 그 말은 내가 25년 전 외환위기가 몰고 온 광풍에 텅 빈 주머니가 되어 햇빛전화에 상담하자 상담사가 내게 힘주어 한 말이었다. 자신을 믿으세요. 자신의 힘을 믿어야 해요.

아버지는 자신의 힘을 믿지 못했다. 무역업체를 운영한 아버지가 1997년에 수입한 고무는 부산항에 도착할 즈음에는 1달러 1500원대로 두 배 가까이 올랐다. 지급해야 할 수입대금이 5억 원에서 10억 원 즈음으로 뛰었다. 등산화와 작업화를 만드는 업체는 아버지에게 고무를 인수하고서 바로 부도를 냈다. 목재와 원단과 사료와 같은 수입원자재를 둘러싼 부도 바람이 거셌고 건실했던 아버지 업체도 그 폭풍에 휘말려 자산이 사라지고 빚까지 걸머졌다. 나는 대학원을 그만두고 생활비를 벌러 일터로 나섰다. 사업을 하면서 신용을 철저하게 지켰던 아버지는 어느 날 야산에서 시신으로 발견되었다. 경찰에서 누구 가족이 맞지요, 라며 걸려온 전화 목소리를 잊을 수 있을까? 전화를 들자 닥친 예감에 몸을 부르르 떨었고 제대로 입을 떼지도 못했다. 그즈음 나는 폭풍에 내 뿌리가 뽑혀나가지 않을까 두려워하며 매일 한 번씩 햇빛전화로 전화를 걸었다. 세상의 급류에서 허우적대던 내 고민은 상담사에게는 뻔하고 뻔한 스토리였을 것이다. 이름도 모르는 상담사는 나를 위로하고 격려했다. 사실 그녀는 별다른 말을 하지 않았다. 유복한 가정에서 자라 고생을 모르고 세상 물정에 익지 않았던 나의 어눌한 하소연을 들어주고 또 들어주고 간간이 나를 격려했을 뿐이었다. 그녀는 내게 어떤 처방도 내리지 않았지만 나는 그런 무덤덤하고 무채색의 상담에서 용기를 얻었다. 그리고 나는 삶의 위기에서 빠져나가면 햇빛전화에서 상담사로 자원봉사하겠다고 마음먹었다.

네 시간이 지나서 나는 상담실에서 나왔다. 몸이 눅진했고 머리는 더 노곤했다. 전화기를 통해 들리는 말을 듣고 받아주고 격려와 위로의 몇 마디 말을 보태는 것이 이토록 에너지가 드는 일이라는 것을 처음에는 생각도 못했다. 말은 놀라운 힘을 지니고 있어 갈등과 괴로운 상황을 듣는 것만으로도 진을 빼기에 넉넉했다. 세상에 불행은 많고 어리석은 사람과 어리석은 행동은 넘치고 넘쳤다. 상담자가 호소하는 상황에 몰입하기라도 하면 마음은 물에 푼 마른 미역처럼 무거워져만 갔다. 상담사를 교육하는 강사는 상황과 객관적 거리를 두라고 누누이 강조했다. 그토록 상담 교육에서 강조한다는 말은 그만큼 거리 두기가 쉽지 않다는 역설적인 증거였다. 그래서 햇빛전화에서는 급여를 받는 직원은 상담을 하지 않았다. 유급 직원은 사무국에만 근무했는데 직원이 종일 상담을 한다는 것은 정신건강에 비추어 불가능하다는 이유에서였다. 자원봉사자도 대개 한 달에 한두 번, 많아도 1주일에 두 번까지가 규정된 한도였다. 그래서 자원봉사자만으로 운영하는 상담실은 세 칸밖에 되지 않지만 24시간 운영에 365일 돌아가는 특성 때문에 자원봉사 상담자가 200여 명 가까이 되었다. 그들 중에는 청소년 상담사 등 자격증을 따기 위해 봉사하는 분들도 많았다.

자원봉사자의 경력은 다양했다. 교사나 공무원 출신은 드물었다. 사람들은 퇴직한 교사와 공직자가 자원봉사자로 많이 일할 것 같다고 생각한다. 그들은 대체로 생활이 안정되어서 세계 곳곳을 여행 다니거나 그림 그리기나 골프, 걷기 같은 취미 생활에 몰두하는 경우가 많았다. 퇴직 교사들은 온갖 사연 깊은 학생들과 학부모들을 상대해왔기에 억울한 사정을 지녔거나 가슴에 한이 맺힌 저소득층이나 약자의 목소리를 느긋하게 들어내지 못하는 경우가 많았다. 근무하면서 민원에 시달렸던 퇴직 공무원들 사정도 비슷했다.

옆 상담실에서 나온 황 선생이 오늘도 은둔형 외톨이와 제법 시간을 보냈다고 말했다. 황 선생은 얼굴이 둥글고 몸이 후덕진 스타일답게 느긋하게 전화를 받았다. 황 선생 시간에 자주 전화를 거는 외톨이는 나이가 삼십 대 초반인데 이 년째 방 밖으로 나서지 않았다고 한다. 내가 말했다. 외톨이는 뭘 이야기해요? 방에서 게임하거나 드라마 본 얘기 같은 거죠. 평상시 생활 얘기도 많고요. 그런 이야기 같으면 바로 옆에 가족들에게 하면 될 것 같은데요. 그렇죠. 그런데 가족들과 얘기하는 게 무척 어려운가 봐요. 천 길 낭떠러지가 가족과 자신 사이를 갈라놓은 것 같다고 하니까요.

상담을 받으면 낭떠러지에 선 사람이 많았다. 그들은 자신들의 우울증과 불안 그리고 분노를 얘기하고 얘기했다. 뭐가 우울하고 불안해요? 어떤 사람은 직장 상사의 괴롭힘이나 채용 시험의 두려움을 말했다. 이유가 분명한 사람은 나은 편이었다. 많은 상담자들은 원인을 똑 밝혀내지를 못하면서 정체 모를 증세에 쫓기고 있었다.

선생님. 우울한 이유를 알면 제가 전화를 했겠어요. 이유가 없어요. 그냥 우울해요. 상담에서 가족이나 고부 사이의 갈등 얘기는 줄어드는 추세였지만 그것도 물밑으로 번져 우울증으로 되살아나는지도 모를 일이었다. 마음을 터놓고 얘기할 사람이나 가족 같은 의지처가 줄어드는 것도 이유일 것이다. 우울의 바탕에는 사정없이 사람을 쪼아대는 경제 문제가 걸려 있을 가능성이 컸다. 없는 사람은 없는 대로, 가진 사람은 가진 대로 뒤처질까 봐 아우성이었다. 우울증은 상류층에서 하류층까지 번진 전염병이었다. 돈이 많은 사람은 시내의 신경정신과병원에 예약해서 돈값에 걸맞은 상담과 처방을 받았다. 우리에게 전화를 거는 사람들은 가난에 지친 사람들이 많지 않을까.

우리는 불안에 떠는 사람들에게 무료로 대화라는 처방을 넣어주었다. 그런 처방이 효과가 있느냐고 묻는다면 글쎄다. 효과가 없을 수도 있겠지만 있다, 라고 나는 힘주어 말해준다. 내가 바로 전화 상담의 덕을 본 사람이니까. 내가 바람이 거세게 부는 날에 다리 아래의 강물에 뛰어들지 않고 돌아온 건 뭐니뭐니 해도 나를 다정하게 위로해준 상담자 덕이었다. 다행스럽게도 그날 나는 다리에서 머플러를 잃은 게 전부였다. 나는 당시 누군지 모르는 그 상담자의 얼굴을 상상하며 나를 도와주는 수호 천사나 영혼처럼 느끼며 얼룩진 천장 벽지를 바라보며 잠이 들었다.

황 선생과 나는 사무국장과 함께 점심을 먹으러 나갔다. 아침부터 요란하던 바람은 숨을 죽였지만 그래도 여전한 만만찮은 힘으로 낙엽 더미를 쓸고 다녔다. 배달 오토바이가 연달아 내 곁 가까이를 치고 가는 바람에 몸을 보도 안쪽으로 더 옮겼다. 사무국장은 시에서 지원금이 줄어서 걱정이었다. 황 선생이 물었다. 시에서 왜 지원금을 줄였어요? 별다른 이유는 없고 문화예술과 이쪽 사회복지 분야는 일률적으로 오 퍼센트를 줄였다네요. 오 퍼센트면 타격이 커요? 그게 아귀가 딱 맞는 살림이라서 겨우겨우 맞추는 형편이니까요.

쇠고기 쌀국수와 파인애플 볶음밥으로 주변에서 인기 있는 식당은 자리를 기다려야 했다. 안을 들여다본 사무국장이 조금만 기다리면 자리가 나겠다고 말했다. 황 선생과 사무국장이 대기 의자에 앉고 나는 따가운 가을 햇볕을 피해 옆 가게 쪽으로 몸을 옮겼다. 무심히 도로를 바라보던 내게 철근을 가로질러 만든 하수관 덮개가 보였다. 덮개를 덮은 검은 고무 매트가 옆으로 치워져 있었다. 더러운 더께가 덕지덕지 붙은 새까만 철근을 보자 입

맛이 싹 달아났다. 철근 사이로 시궁쥐가 더러운 주둥이를 쏘옥 내밀 것만 같았다. 식당 자리에 앉아서도 속이 편하지 않은 나는 젓가락질 몇 번에 쌀국수 국물을 몇 모금 마시고 일어났다. 바람이 거센 날에 전소운과 통화를 해서 그랬나 싶기도 했다. 어쩌면 전소운 목소리에서 은근한 불안과 체념을 느꼈기 때문인지도 모른다.

며칠 후 목요일 아침 전소운과 통화에서 그녀는 결기 섞인 말을 쏟아내 내 속을 긁어놓고야 말았다.

딸이 죽어버렸으면 좋겠다고 쓴 유서를 발견했어요. 이럴 수가… 이럴 수가 있는 거예요. 내가 저를 어떻게 키웠는데. 전소운은 이렇게 억울한 일이 어디 있을까 당장 내게 뛰어와서 탁자를 치며 호소하고픈 목소리였다.

저기, 어머님. 진정하시고요. 유서는 어떻게 하셨나요.

아이 앞에서 짝짝 찢어버렸지요. 이렇게 나약한 아이를 전 낳은 적이 없다고요.

유서는 처음 있는 일인가요? 처음이에요. 이따위로 살 거면 학교 걷어치워도 된다고 말했어요. 입만 열면 학교 그만두겠다는 말 지긋지긋해요.

답답해서 그랬겠지요. 고등학교 1학년인데 아이도 얼마나 부담이 크겠어요.

부담이 크다는 건 나도 알아요. 최근에는 압박 주는 말안 했고요. 과외도 하나 끊었어요.

혹시 유서 내용은… 기억 나세요?

머릿속이 끓어올라 띄엄띄엄해요. 나를 비난한 글은 기억나요. 내가 무슨 원수라고. 다 지 잘되라고 하는 건데.

전소운과 남편 모두 일류대를 나왔다. 나는 속으로 되뇌었다. 그까짓 대학 이름이 뭐라고. 내게는 그까짓 것으로 취급되는 이름이 그들에게는 목숨만큼 중요한 얼굴이었다. 타고난 얼굴에 못지않은 두 번째의 얼굴인 학력을 그들 부부에게서 지워버린다는 것은 사회에서 그림자로 살아야 한다는 공포감에 다름 아닌 모양이었다.

전화에 블랙리스트 번호가 떴다. 공책에 적어둔 번호를 살펴봤다. 이 남자는 과대망상으로 전화를 한다. 복권에 당첨됐는데 햇빛 전화에 기부하는 절차가 어떻게 되는가 묻는 식이다. 당첨금 모두를 햇빛전화에 기부할 수는 없다고 은근히 으스댄다. 그러고는 기부하겠다는 무료급식소와 장학재단과 어린이구호재단의 이름을 불러댄다. 과대망상은 변주된다. 그는 CIA에서 추적당하는 요주의 인물로 변신해 국가기밀을 얘기해주기도 한다. 이럴 때는 처음이라는 말이 꼭 들어간다. 이건 내가 처음 입 밖으로 내는 비밀인데 내가 가진 비밀문서가 말이에요……. 블랙리스트에 오른 인물은 여러 명이다. 이들은 햇빛전화의 햇빛을 받을 자격이 모자라는 사람이다. 여자 상담사에게 음란한 얘기를 하는 사람들도 있다. 처음이면 우린 그런 전화 받지 않습니다 말하고 끊는다. 전화 걸 때마다 반복해서 음란한 말을 건네면 블랙리스트에 오른다. 경찰에 신고하겠다고 으르면 이들은 기겁해서 당장 전화를 끊는다.

누군가와 말하고 싶어 전화를 거는 사람도 있다. 어느 비 오는 날의 전화였다. 햇빛전화입니다. 그 사람은 솔직하게 고백했다. 누군가와 그냥 말을 나누고 싶어 전화를 했습니다. 그래도 괜찮아요? 이렇게 먼저 양해를 구하는 사람 말은 오래 들어도 좋다. 나는 말한다. 오늘 같이하고 싶은 기분 좋은 일이 있었나요. 대화는 흘러가다가 제동이 걸리기도 하고 끊기기도 하며 때로는 엉뚱한 곳으로 가기도 한다. 얘기가 잘 풀리면 그 사람은 놀라운 생의 비밀을 전해주기도 한다. 이건 당신에게만 말하는 것인데… 라는 말은 필요 없다. 나는 그 사람의 이야기가 진실인지, 아니면 헛된 과장인지를 금방 알아차린다. 전화 상담을 오래 해보면 전화를 건 사람의 이미지가 떠오른다. 마르고 신경질적인 얼굴인지, 뚱뚱하고 눈썹이 짙으며 각진 얼굴인지, 까맣게 탄 피부에 근육으로 뭉친 상체인지가 떠올랐다. 그 사람이 전화를 거는 곳이 안방인지, 기름 냄새 배인 주방인지, 건물 옥상인지도 그려졌다. 그리고 알게 모르게 대화의 진실도 감별되었다.

나는 채아와도 상담했었다. 통화라고 해야 하나. 전소운이 딸 채아의 유서를 찢은 사건 후에 나는 상담실에서 채아의 전화를 받았다. 1년 6개월째 전소운과 통화를 하던 중의 하루였다. 채아는 내 이름을 묻고 아주머니 덕분에 자신이 편해졌다고 고마워했다. 예전에 미국 의과대학 출신 소아청소년신경과에 다닐 때는 정말 죽는 줄 알았다니까요. 무슨 검사를 그렇게 많이 하는지, 게다가 말은 또 어찌나 어렵게 하는지. 간단하게 너 엄마 뭐가 마음에 안 들어, 물으면 될 것을 이렇게 저렇게 돌리고 돌려서 머리가 지근지근했어요.

나는 채아에게 말했다.

뭐라고 해도 네 엄마 아빠는 너를 사랑한단다.

알아요. 지긋지긋할 정도로 잘 알아요. 그래서 이제는 사랑을 끊어줬으면 좋겠어요. 남남처럼 지내면 모든 문제가 단숨에 풀려요. 왜 그걸 모를까요?

나는 채아를 만나기도 했다. 채아는 당돌하게 말했다. 밥 한번 먹어요. 상담자를 바깥에서 만나는 건 처음이었다. 상담사 수칙에서 금지하고 있기도 했다. 상담자들은 나약하고 도움이 필요한 존재로만 머무르지 않습니다. 상담자들은 순식간에 모습을 바꿔 무시무시한 존재로 돌변할 수 있어요. 상담사와 만남에 병적으로 집착할 수도 있고요. 상담실 바깥에서 만나는 건 위험을 자초하는 일이에요. 만날까 어쩔까 망설이는 건 채아도 비슷했을까. 채아는 광장의 동상 앞에 서 있으면 자신이 찾아가겠다고 말했다. 내 마음이 변할 수도 있어요. 십 분만 기다려도 오지 않으면 그냥 가세요.

채아가 말한 밥은 매콤한 라면에 더 매콤한 떡볶이였다. 채아는 통통 튀고 발랄하며 에너지가 넘치는 아이였다. 옆에 있으면 마음이 그냥 밝아지는. 세상에 빛을 환히 던져주는. 초가을에 둘레길을 걸으면 채아 생각이 났다. 채아를 만난 지 한참 후의 어느 날이었다. 맨드라미가 피었고 그 길을 따라 무리 지은 코스모스가 흔들리는 시골길이었다. 하늘에는 가느다란 구름 몇 점이 경쾌하게 떠 있고 바람이 선선하게 부는 둑방 길을 걸으며 나는 갑자기 떠오른 채아 모습에 눈물이 솟았다. 눈물이 번져 뺨으로 흐르더니 울음이 터졌다. 나는 코스모스를 붙잡고 주저앉았고 코스모스 무리도 함께 무너졌다. 밭에서 고추를 따서 상자에 담던 할머니가 허리를 펴고 일어섰다. 같이 길을 걷던 친구가 물끄러미 나를 쳐다보다가 몸을 돌려 황금색으로 변하는 논을 보며 나를 기다려 주었다.

햇빛전화는 상담사로 일하려는 사람들에게 교육을 하곤 했다. 4주와 8주로 나뉜 교육은 상담학과에 다니거나 평생교육원에 다니는 사람, 일반인들이 들었다. 나도 한 번씩 강사로 나섰다. 나는 강의를 하면 처음에 비욘세의 노래 <Listen>을 틀었다. "당신이 들으려 하지 않으니까요." "들어봐요. 나는 갈림길에 홀로 서 있어요." 힘차게 뻗는 고음으로 상대방의 말을 듣는 힘과 자세를 강조하는 노래였다. 나는 노래를 소재로 사람이 듣는다는 것의 힘을 먼저 얘기했다. 전화기를 들고 얼굴이 보이지 않는 상대와 대화를 하는 건 만만찮은 작업임을 강조했다. 상식으로야 알고 있겠지만 직접 대화해 보면 많이 다르답니다.

교육을 하면서 상담 경험 없는 사람들에게 그럴듯하게 이야기할 때면 나는 과거의 채아로부터 제대로 이야기를 들었는지를 잊어먹곤 했다. 나는 그때 채아가 내민 손길을 막고서 나도 모르게 나 자신만의 독백에 취했는지도 모른다.

나는 상담 교육장에서 상담실의 모습도 다양하게 전해주었다. 상담실은 때로는 밤 12시 넘은 시각의 소란한 파출소였다. 술에 취해 전화를 건 사람은 뭔가 세상과 사람에 맺힌 한을 때로는 분노하며 때로는 울먹이며 쏟아냈다. 내가 그 언니한테 전세금도 빼내서 도와주었는데 이렇게 원수로 갚다니요. 제가 그 사람과 동업을 했는데 일은 내가 다 했어요, 그런데 수익은 그 형님이 다 들고 갔어요. 그 시절 형님 집이 어려워서 제가 이해를 했습니다. 일 년 팔 개월을 그랬다니까요. 그런데 이제 와서 이 가게가 자기 것이라고 우기더니……. 상담실은 때로는 고해성사 장소로 변하기도 한다. 가슴속에 묻어둔 비밀이 비틀리며 자라서 등뼈를 뚫고 나오려고 하자 누구에게라도 말해야 할 지경에 이른 사람이 있다. 때로 그 비밀이란 게 적은 액수의 돈을 훔쳤다거나 거짓으로 핑계를 대고는 갔어야 할 곳에 가지 않았다는 것이기도 했고, 때로는 밤의 골목길에서 시비가 붙어 사람을 몇 대 때리고 떠났는데 다음 날 그 골목길에서 변사자가 나왔으며 소식을 들은 후에는 무서워서 그 사람의 정체를 확인하지 않았다는 섬뜩한 이야기도 있었다. 비밀을 말하는 사람의 목소리는 갑자기 조곤조곤해지거나 쩡쩡 울리는 큰 소리로 돌변하기도 했다. 비밀을 털어놓고 속이 후련하다는 사람이 있는 반면에 어떤 사람은 며칠 전에 털어놓은 비밀을 제발 잊어달라고, 나는 그런 말을 절대 한 적이 없는 것으로 해달라고 호소하는 사람도 있었다.

나는 상담교육을 받는 사람에게 진실의 힘을 얘기하곤 했다. 진정으로 그 사람의 처지에 공감하면 족하다고. 그 때의 힘이 서로를 소통시킨다고. 그런 얘기를 할 때면 전소운과 오래 이어져온 전화가 생각나서 나는 움찔했다.

사흘 후 아침에 상담실에서 전소운의 전화를 받았다. 그녀는 밝은 목소리로 채아를 둘러싼 갈등이 끝났다고 말했다.

어떻게 끝났나요?

아이가 바라는 대로 하기로 했어요.

그럼 대학은 어떻게?

애니메이션학과는 많더라구요. 아이 성적이면 입학하기도 어렵지 않고요. 학교도 아이가 고르기로 했어요. 어디든지 골라서 갈 수 있을 것 같아요. 이렇게 될 줄 알았으면 공모전에 몇 곳 시험이라도 쳐볼 걸 그랬어요.

잘됐네요. 요즘은 공모전 수상을 입시에 반영하기 힘드니까 그건 염려하지 않아도 괜찮을 것 같아요. 남편은 어때요? 친척들 아이 진학 성적과 비교하진 않을까요?

그것도 잘 해결될 것 같아요. 남편이 화를 내면서 내가 잘못 키운 탓이라고 퍼부을 때는 어찌나 속이 상하던

지…….

전소운은 속으로 울음을 삼키는가 하더니 마침내 흐느끼며 울었다. 나는 잠자코 기다렸다. 기다려야만 했다. 전소운은 울음을 정리하고 말했다.

선생님께 전화도 그만 드릴 거예요. 그동안 고마웠어요.

나는 담담하게 말했다.

별말씀을요. 언제라도 전화하셔도 좋아요.

나는 전소운이 끊은 전화기에 오래 귀를 대고 있었다. 웅성대는 소리가 들리기도 하고 전소운의 목소리 같은 환청이 들리는 것도 같았다. 어쨌든 이제 진정으로 끝났다. 나는 전화기를 내려놓고 상담실을 둘러보았다. 상담실 탁자와 커튼과 공책이 이상하게도 낯설어 보였다. 나는 일어서려다 기운이 쭉 빠져 도로 의자에 주저앉았다. 채아의 상담 건은 이제 정리되었다. 내 기억에서도 정리하는 수순을 밟아나가야 할 것이다. 채아를 둘러싼 전소운의 전화와 내 상담은 맞물려 돌아가고 있었다. 어느 한쪽이 먼저 끝을 내야만 끝나는 여정을 우리는 능청스럽게도 삼 년이나 끌고 온 것이다. 우리는 벌어진 상처 사이로 시뻘건 근육과 흰 뼈가 보이는데도 천연스럽게 아프지 않은 척 지내온 것이다. 채아라면 그런 작위를, 허위를 무엇보다 싫어했을 것이다.

전소운은 말했다. 사흘 전이 채아의 세 번째 기일이었다고. 나도 알고 있었다. 그날 나는 신열과 몸살이 났었다. 전소운은 옛날에 부모가 죽으면 삼년상을 치르는 이유를 알겠다고 말했다. 삼 년이 흐르자 아리고 후회하는 마음이 옅어졌다고. 하지만 나는 더 진해졌다.

삼 년 전 나는 채아의 전화를 받았다. 같이 밥을 먹고 난 두 달 후쯤이었다. 나는 내게 전화할 때면 기분이 밝아진다는 채아의 말을 곧이곧대로 믿었다. 그날도 채아 목소리는 명랑했다. 나는 버스를 타고 있어 주변 소리에 처음에는 제대로 듣지 못했다. 날이 맑고 해가 쨍쨍해 너무 좋다는 채아의 말에 나도 모르게 버스 창문을 통해 하늘을 쳐다보았다.

바람이 거세다는 점만 빼고는 멋진 날씨예요. 선생님. 저 지금 산에 가요.

산에? 체험 학습이 있니?

제가 점찍어둔 절벽이 있거든요. 높고 바닥도 평평해요. 암벽을 타는 사람들도 보이는 곳이에요.

나는 웅웅거리는 버스 소음에 짜증을 내며 절벽이 뭐지 생각하며 맥락을 찾고 있었다. 나는 갑자기 진실을 깨달았다.

채아야. 내가 산으로 바로 갈 테니 그 자리에서 그냥

쉬고 있어. 응. 알았지.

뭐, 이제부터 오래 쉴 텐데요. 선생님에게 전화하고 싶었어요. 마지막 전화로 엄마는 좀 그랬거든요.

그리고 전화는 툭 끊어졌다.

나는 정거장에서 버스가 서자 뛰어내려 몇 군데 기관에 긴급 전화를 때렸다. 경찰에 신고하고 위치 추적도 부탁했다. 어디 절벽일까. 짐작 가는 곳이 있었다. 하지만 그런 시도들은 소용없었다. 바위를 오르던 암벽 등반가들이 먼저 신고를 한 것이다.

산에서 온 전화를 받은 이후로 삼 년이 지나갔다. 전소운의 이제 더는 상담하지 않겠다는 마지막 전화를 받은 날 나는 집에서 뒤숭숭한 잠에 시달렸다. 나는 전소운에게 채아의 마지막 전화를 내가 받았다고 말하지 못했다. 숨긴 것이 아니라 말할 수가 없었다. 이미 끝난 상처에 소금을 끼얹기까지 해서 무얼 얻을까. 전소운도 그당시 내가 채아와 통화를 가끔 한다는 사실을 알고 있었다. 나는 전소운에게는 채아의 마음과 이야기를 전해주고, 채아에게는 전소운의 이야기와 마음을 전해주는 통역자 겸 중개자의 역할을 자부했었다. 나는 그 중개의 끝에는 해피 엔딩이 기다린다는 어처구니없는 확신에 차서 나름 신이 났었다.

나는 채아가 준 나무늘보 인형을 가방에 달아두었다. 나무늘보는 긴 팔을 내 가방에 대고 있다. 느리고 느리게 나무에서 사는 나무늘보지만 내 가방에 붙어서는 어쩔 수 없이 빠르게 이동한다. 나는 나무늘보의 부드러운 털과 꼬리를 만져본다. 채아는 나무늘보 인형을 내게 왜 줬을까. 자기가 소중히 지닌 물건을 남에게 주는 것. 이것도 자살 경고 신호였을까. 자살자가 경고 신호를 내도 가족들은 신호의 의미를 모르며 알아도 심각성을 깨닫지 못한다고 한다. 채아는 내게 어떤 신호로 인형을 줬을까. 채아는 난공불락의 미로에 갇혀 자신의 의지가 아닌 미로 자체가 끄는 힘으로 끝까지 가버린 것은 아닐까.

가끔 나는 괴로워한다. 내가 상담사 역할을 잘했더라면. 그리고 더 잘할 수는 없었을까를. 어제 꿈에서 나는 채아가 아니라 전소운이 절벽에 서 있는 것을 보았다. 주 등산로에서 벗어나 사잇길로 조금 들어가 개발제한구역 시멘트 기둥이 박힌 곳으로 접어들면 탁 트인 절벽이 나타난다. 멀리 도로가 보이고 또 다른 산들이 겹쳐서 이어졌다. 나는 전소운이 절벽에서 뛰어내리려 시도하는 것을 온몸으로 막았다. 삼 년이나 지나서 왜 이러느냐고. 나는 꿈속에서 목소리를 높였다. 이건 올바른 말은 아니었다. 이 년 전이라면 이래도 되었단 말일까. 어쨌든 나는 전소운의 허리춤을 단단히 잡고 무서운 힘으로 그녀를 절벽에서 끌어내었다.

나는 뒤숭숭한 꿈에서 깨어 거실에서 물을 반 잔 마시고 다시 잠에 들었다. 잠을 자두고 다음 날 일을 제대로 해야만 했다. 이번에 전소운은 나와 채아와 같이 손을 잡고 코스모스 핀 시골길을 걸어가고 있었다. 파란 하늘은 붓으로 그어놓은 구름 몇 가닥뿐이었다. 나는 꿈속에서도 이게 꿈이 아니어야 할 텐데 마음을 졸이며 함께 걸어가고 있었다. 채아가 죽은 작은 뱀을 발견했다. 길에서 경운기에 깔려 죽은 뱀이었다. 어찌 재수도 나쁘게 경운기가 지날 때 하필 길을 가로질러 갔을까? 우리 셋은 잠시 안타까워하고 다시 길을 걸었다. 정자에서 우리는 그 옆에 조성한 가족묘원을 바라보며 사과를 꺼내 깎았다. 가족묘원 앞의 커다란 돌에 번성한 가계의 대표들이 묘원 조성 경위를 올려놓았다. 나는 묘원의 비석에서 채아의 이름을 발견했다. 73세. 나는 꿈속에서 안도하며 비석을 손으로 쓸어보았다. 비석은 햇빛을 받아 온기를 전했고 채아도 내 옆에서 비석을 바라보며 까르르 웃고 있었다.

나는 다음 날 상담실에 앉아 오래도록 그 꿈들을 되새김질하고 있었다. 전소운이 내게 늘 전화를 했다는 생각이 떠올랐다. 이제 마지막 전화가 끝났고 채아가 죽은 후에 삼 년이나 지속된 상황극도 막을 내렸다. 그런데 나는 전소운에게 전화를 걸고 싶은 득실득실 올라오는 욕망을 누르기 위해 용을 써야만 했다. 몸의 땀구멍에서 냄새 가득한 진액이 흘러나오는 것만 같았다. 하마터면 나는 전소운에게 전화를 걸 뻔했다. 태연하게, 뻔뻔스럽게 채아가 잘 지낸다니 다행이에요. 그래서인지 전화도 뜸하네요. 그래도 잘된 일이지 뭐예요 하면서 너스레를 놓을 뻔했다.

저녁이 되자 핏빛 어린 노을이 서쪽 하늘을 가득 메웠다. 노을은 잿빛으로 변하면서 천천히 스러졌다. 나는 멍하니 오래 노을을 지켜보았다. 그리고 상담 전화를 걸었다. 24시간 365일 생명존중과 자살예방에 힘쓰는 단체다. 나는 한숨을 쉬고 채아 이야기를 꺼냈다. 제가 상담을 맡았던 고등학생이 있었는데요. 자살하고 말았어요. 제가 상담을 잘못한 걸까요. 상담사는 찬찬히 차분하게 내 이야기를 들어주었다. 귀를 세우고 고개를 끄덕이는 모습이 그려졌다. 상담실에 앉아서 나는 가끔 이런 생각에 잠기기도 했다. 전화를 거는 상담자들은 기실 해법을 원하는 건 아니라고. 그들은 누군가에게 자신의 이야기를 털어놓고 싶을 뿐이라고. 이야기를 듣고 공감해주기를 바란다고. 나는 상담사의 차분한 응대에 왈칵 눈물을 쏟을 뻔했다. 이게 상담 단체에 거는 나의 마지막 전화여야 할 텐데. 나는 조바심을 치며 말을 이어나갔다.

작가의 말

현실은 소설보다 더 소설적이다. 2024년 12월에 일어난 비상계엄 이후의 사태는 그야말로 소설적인 현실을 보여주고 있다. 사건의 전개는 예상을 뛰어넘고 관련된 인물들의 개성은 독특하며 캐릭터의 선도 굵다. 헌법재판소의 대통령 파면까지 반전을 오가는 장엄함은 웬만한 소설의 전개와 절정으로는 흉내 내기 어렵다.

트럼프의 당선 이후로 벌어진 사건도 극적이다. 백악관에서 정상회담을 앞두고 젤렌스키 대통령과 트럼프 대통령이 생방송에서 거친 언사를 쓰며 서로를 비난한 사건은 드라마틱했다. 트럼프가 젤렌스키에게 당신은 카드가 없다고 몰아붙이는 장면은 직업 배우가 연기를 해도 그보다 더 잘할 수 있을까 싶을 정도고, 압축적이며 핵심을 꿰뚫는 대사가 인상적이다. 트럼프가 전 세계에 상호관세를 부과하겠다고 알림판을 들고 연 기자회견도 쇼맨십이 가득했다. 관세부과로 전 세계 주식이 폭락했으며 트럼프가 갑자기 관세 유예를 발표하고 중국이 미국에 반격하면서 세계경제는 불확실성의 깊은 터널로 들어가고 있다.

현실의 정치와 뉴스는 점점 소설을 닮고 있고 드라마를 뛰어넘으려고 애쓰고 있으며 자주 성공해서 대중의 눈과 귀를 사로잡는다. 현실은 소설의 상상력을 닮고 있다.

이는 이상한 일이 아니다. 우리가 리얼리즘이라 말하는 리얼(Real)은 대체 무엇일까. 한편으로는 머리뼈 속에 갇혀 어둠에 들어앉은 두뇌가 외부에서 들어오는 시각과 청각 등의 신호를 토대로 만들어내는 가상의 현실이다. 달리 말하면 우리는 밀폐되고 캄캄한 방에 있고 바깥에서 들리는 신호와 진동으로 바깥이 어떻게 구성되는지 상상하는 존재인 것이다. 그래서 우리가 현실로 부르는 현실은 두뇌가 만들어낸 허구에 가깝다. 우리 두뇌가 탁월하게 전기신호와 화학신호를 이용해 현실을 모사하기에 우리는 현실로 인정할 수밖에 없다. 그럼 현실은 실제로 존재하지 않는 것인가. 우리가 도로에서 자동차에 부딪히면 크게 다친다. 자동차는 가상의 존재가 아니라 실재한다. 즉 현실은 한편으로는 가상이면서 한편으로는 실재인 것이다. 현실은 소설이면서 소설이 곧 현실인 것이다.

그래서 소설은 가상과 현실의 경계에 서거나 그 둘을 섞어서 만들어지는 무엇이 되어야 하지 않을까. 소설은 판타지와 현실이 어울려 만들어내는 또 다른 현실이다. 소설은 허구이지만 그 허구의 본질인 상상력은 두뇌의 신경망 본질과 닮았다. 한국 소설계에서는 최근 들어 SF와 판타지 등 다양한 장르가 늘어나고 복합적인 장르 실험도 많다. 바람직하다고 생각한다.

이번 작품집에서는 SF로 불리는 작품과 리얼리즘으로 불리는 스타일이 함께 들어있다. 작품 「첫 이혼」이 보여주는 로봇과 인간의 이혼은 리얼 세계에서의 인간의 이혼과 얼마든지 중첩되고 교류될 수 있으며 의미의

확장도 가능할 것이다.

여태까지 낸 작품집의 제목은 수록된 작품 중 한 편의 제목으로 정했다. 이번 작품집에는 수록 작품이 아니라 새로운 제목을 선택했는데 작품 전체의 취지를 종합해서 작명했다. '멸종'은 호모 사피엔스가 지구에서 처한 험난한 미래를 상징하고 '이혼'은 호모 사피엔스 개인이 처한 개인 차원에서의 위기를 나타낸다고 할 수 있다.

2010년 등단한 후로 네 권의 장편과 네 권의 작품집을 냈고 이번 책은 다섯 번째 작품집이다. 나름 개성과 독창성이 있는 작품을 선보이려고 노력했는데 속살이 얼마나 채워졌는지 걱정이다. 책을 내는 산지니 출판사와 수고한 편집자에게 감사드린다.

수록작품 발표 지면

첫 이혼 『오늘의 좋은 소설』, 2022년 봄호

봄을 걷다 『2021 제13회 현진건문학상 작품집』, 추천작

휴먼 장르 『작가와 사회』, 2024년 봄호, 2024 제16회 현진건문학상 추천작

멸종을 기록하는 방법 『사람의 문학』, 2024년 여름호

유라시아 탑승권 부산문화재단 2023 문화다양성의 날 공연 <함께 가는 길> 원작 소설

베팅 『사람의 문학』, 2023년 여름호, 2023 제15회 현진건문학상 추천작

마지막 전화 『문학/사상』, 2023년 8월호